À vingt ans, Jacky Schwartzmann a lu tout Arthur Rimbaud et connaît tout de NTM. Puis les petits boulots s'enchaînent, autant pour gagner sa vie que pour vivre la vie des travailleurs normaux. Éducateur, barman, libraire à Lyon, puis assistant logistique chez Alstom, expérience qui lui inspire son roman *Mauvais Coûts*, lauréat du prix de la Page 111 (La Fosse aux ours, 2016). *Demain c'est loin*, son troisième roman, a reçu le prix du roman noir du Festival du film policier de Beaune (2018).

DU MÊME AUTEUR

Public Enemy
Éditions du Sékoya, 2003

Bad Trip
Hugo Roman, 2008

Mauvais Coûts
La Fosse aux ours, 2016
et « Points », nº P4661

Demain c'est loin
Seuil, 2017
et « Points », nº P4885

Le Coffre
La Fosse aux ours, 2019

Jacky Schwartzmann

PENSION COMPLÈTE

ROMAN

Éditions du Seuil

TEXTE INTÉGRAL

ISBN 978-2-7578-7493-6
(ISBN 978-2-02-140098-4, 1re publication)

Pour Lili et Eva, mes deux saucisses.
Je vous aime plus fort que le foot, le Coca et la tour Eiffel.

À la mémoire de Jérôme Duprat, des Minguettes.

« Ce qui me plaît dans l'idée de faire la planche, c'est la possibilité d'être efficace en étant immobile. Dans l'eau, dès que je ne bouge plus, je coule. Comme dans le ring. Alors que dans la vie je ne vais que là où j'ai pied. La différence, c'est que dans l'eau je sais quels sont les mouvements à effectuer pour ne pas me noyer. »

David Lopez, *Fief*

1

Fin de siècle

Ma belle-mère Macha était ce que l'on appelle une vieille peau. À presque cent ans, elle avait préservé toute sa tête et, donc, cette hargne, ce caractère aussi vicieux qu'un ongle incarné. Ça lui poussait dedans la tête.

Les vieux sont sympathiques, en général. Même ceux qui, plus jeunes, étaient des crevures. On ne peut d'ailleurs jamais savoir comment ils étaient, avant, car ils finissent tous en mode *friendly*. Étant donné qu'il n'y a pas neuf humains sur dix de bienveillants, on peut en déduire que nos chers aînés s'assagissent avec l'âge. D'une certaine façon ce sont des faussaires, des fourbes, à l'image de tous ces dignitaires qui ont terminé leur vie en Argentine et qui s'appelaient Müller. Après avoir bien pourri leur monde, ils se détendent. La raison en est très simple : ils se retrouvent en position de faiblesse. Fini l'autorité, fini les décisions et fini le permis de conduire, tiens, plus rien, tu demandes à ta fille pour aller pisser et t'es bien content qu'on te sorte à Noël. La peau comme du carton mouillé, le ventre gonflé, les pommettes tout en bas, les cheveux violets des femmes et le pue-de-la-bouche des hommes. Un naufrage.

La seule arme qui leur reste pour se défendre, c'est la gentillesse. Ils deviennent adorables pour qu'on les préserve et pour qu'on ne les pique pas. Et des billets de cinq pour les petits-enfants, qui sont aussi des tricheurs, à leur façon. Je te fais la bise, tu me baves sur le sweat, tu me parles de la vie il y a soixante ans, je m'en contrefous, je souris bêtement et tu me files mes thunes. Tu me paies pour qu'on joue une relation devant le public béat de mes parents, qui sont en train de nous perdre tous les deux, toi parce que tu vas bientôt mourir et moi parce que je vais bientôt vivre.

Je ne les blâme pas. Une fois mon tour venu, j'en ferai autant.

J'ai même tendance à préférer leur compagnie à celle des tenants du monde, de ceux qui sont dans la force de l'âge, qui ont les capacités et l'envie d'emmerder, d'écraser leur prochain, de faire des coups fourrés.

Je n'avais en effet pas choisi une femme de trente-deux ans mon aînée par hasard. Je l'avais voulue. Vingt ans que ça durait, vingt ans que j'avais emménagé chez elle. Lucienne. Oh bien sûr, beaucoup de gens au Luxembourg me considéraient comme un vulgaire gigolo. J'ai ce qu'on appelle une belle gueule, je suis bien gaulé et… et vous savez quoi : j'en ai. À quarante-cinq ans, j'avais de très beaux restes, et si Lucienne était plutôt bien conservée elle aussi pour ses soixante-dix-sept ans, notre écart d'âge n'en était pas moins criant. Dans la rue, au restaurant, des gens nous regardaient de travers, je le voyais bien. Ils devaient se poser des questions du genre : *Et moi, est-ce que je coucherais avec Bernadette Chirac pour un million d'euros ?*

Ils se trompaient sur mon compte. Lucienne était ma femme. Enfin presque, parce que nous n'étions pas mariés, sinon c'était tout comme.

Macha, qui ne s'était jamais remise du décès de son gendre, dans un accident d'avion, quelque trente ans plus tôt, était la première à me considérer comme un gigolo. Eh oui, elle aurait préféré que sa fille reste veuve plutôt qu'avec moi. Macha estimait par ailleurs que sa fille m'avait choisi comme on choisit un sac à main – un sac à main qui bouge. Macha était une peau de vache. Elle était du reste une sorte de punk qui, contrairement à la quasi-totalité des autres vieux de ce bas monde, ne s'était pas adoucie avec le grand âge. Elle me détestait et elle adorait me le faire savoir. J'avoue que j'en étais venu à la détester, moi aussi, alors même que la haine n'est pas du tout dans mon ADN. J'ai toujours été un gars enjoué, et un suiveur avec ça. Un bon compagnon. Ni casier ni embrouilles alors que, d'où je viens, dans la banlieue de Lyon, c'était monnaie courante. Moi, non. Et puis dans la rue, la haine, c'est une perte de temps. La haine pollue le jugement. La haine, c'est pour les ratés.

Macha était peut-être la seule personne avec qui j'avais un problème sur cette terre. Cela dit c'était elle qui me cherchait, elle qui me regardait comme un nazi regarde son juif. Elle considérait que nous n'étions pas de la même race et le fait que je couche avec sa fille relevait de la souillure, de l'insulte de classe.

Lucienne était quant à elle un peu socialiste, dans son genre. Pas snob du tout, quoi. En vingt années d'union, elle avait fait de moi celui que j'étais. Terminé, le petit gars de la cité des Buers. Lucienne m'avait éduqué, elle avait taillé le diamant. Grâce à des séances d'opéra, des lectures de livres importants à ses yeux, des symphonies de Beethoven plein pot dans la maison. Je dois avouer que cela m'avait souvent gonflé mais, avec le recul, je ne peux que l'en remercier. Lucienne m'a en effet donné des armes pour briller en société et tenir tête aux bourgeois et aux bourgeoises, ces chiens qui se croient supérieurs. Ils savent beaucoup de choses, mais ils n'en maîtrisent aucune. Ils apprennent juste ce qu'il faut sur un sujet pour être capables de donner le change, sans jamais rien connaître à fond. Les pauvres, comme moi, s'écrasent devant eux. Impressionnés. Enfin, ça c'est fini. Grâce à Lucienne. Qui me répétait que j'étais dix fois plus malin que la plupart des avocats du Grand-Duché. Qui m'assurait que pas un député n'était aussi drôle que moi. J'avais retenu la leçon : les bourgeois étaient loin d'être plus intelligents, ils avaient juste une culture de vitrine.

Pas plus malins que moi. Certaines réflexions sont agréables à se faire, comme des friandises pour la tête, et celle-là en était. J'aurais très bien pu avoir ma place parmi eux. N'y étais-je pas, d'ailleurs, parmi eux ? J'étais présentement assis dans une berline de luxe, attendant que la porte du garage achève de se lever, dans le silence capitaliste de Kirchberg, ce quartier si paisible de Luxembourg. Ici, les Porsche et autres Maserati vieillissaient comme leurs propriétaires : jamais à plus de soixante-dix kilomètres à l'heure. Il est évident que « It » de *Sign O' The Times* à fond dans l'habitacle de *ma* Mercedes C63 AMG Black Series détonnait un peu avec l'extérieur, et pourtant c'était bien chez moi, ici. J'y avais tous mes repères, je m'y sentais bien, très bien même, exactement à ma place, un peu comme un piranha dans du Red Bull.

J'ai avancé mon bolide dans ce que Lucienne s'évertuait à appeler le garage et qui n'était ni plus ni moins qu'un appartement pour voiture. Je me suis garé à côté de l'Audi Q7, ce 4 x 4 pour coiffeuses, et j'ai coupé le contact. Je suis sorti de la Merco, j'ai pris les courses dans le coffre et je les ai mises dans le monte-charge. Parce que ici, on ne monte pas ses courses. Ce sont les gens qui montent leurs courses et au Luxembourg, on n'est pas des gens, on est des Luxembourgeois.

Lorsque je suis arrivé à l'étage, Lucienne m'a appelé du salon : « C'est toi, chéri ? » J'ai dit : « *Yo.* » Lucienne appréciait que je parle un peu luxembourgeois. Je disais « *yo* ». Je disais « *moïenne* ». Je disais « *vanchklift* ». Je faisais de mon mieux, mais pas assez aux yeux de Macha, qui considérait que j'étais jetable comme une canette, biodégradable comme un kleenex, aussi remplaçable qu'un préservatif usagé ou qu'une chanson d'Alain Bashung. Une fois au salon, j'ai embrassé Lucienne, et sa mère m'a dit quelque chose que je n'ai pas compris. J'aurais été incapable de dire si elle avait parlé luxembourgeois, roumain ou wolof. « Pardon, belle-maman ? » Macha a répété et ça ressemblait à quelque chose comme « *Grundbedisch srallcheutch restaurane* ». Sa bouche exprimait la même émotion qu'un anus dilaté. J'ai souri. J'ai articulé un pardon poli. Lucienne est venue à mon secours.

– Maman dit que nous allons être en retard au Come Prima.

– Je suis désolé, j'ai été retardé. Mais on peut y aller.

– *Arschloch op Franséisch !*

J'ai estimé que ça voulait dire un truc pas hyper sympa sur les Français et je lui ai fait un grand sourire hypocrite.

Quand Adriano faisait le baisemain à Macha, elle mouillait. Elle adorait son côté rital un peu vulgaire. Lui, il bavait, dans l'espoir de faire glisser ses bagues. Le Come Prima avait choisi Adriano comme responsable de salle parce qu'il avait du soleil dans la voix et un accent à faire tomber n'importe quelle femme. Les Italiens ont ça, ce truc. Ils ont inventé la Mafia, ils ont inventé Berlusconi, et pourtant on les adore. C'est parce qu'ils sont la quintessence de l'homme, ils sont la drague, ils sont le sourire, ils sont drôles et ils roulent dans des cabriolets rouges sans mettre la ceinture. La vérité, c'est que les Italiens sont des types extra.

Adriano ne dérogeait pas à cette règle et la Macha en pinçait pour lui. Je le soupçonnais même d'être un peu responsable de la longévité de cette belle-mère qui n'en finissait pas de vivre. Si elle savait… Contrairement à elle, je connaissais bien Adriano, pour m'être retrouvé avec lui dans des centaines de soirées, et il n'était pas l'Italien fantasque qu'elle imaginait. Le vrai Adriano trimballait des fringues tombées du camion dans le coffre de sa vieille Opel et une fois le service terminé il faisait le tour des claques pour essayer de les vendre aux putes. Pour une fellation, il abandonnait des jeans Dolce & Gabbana. Certains soirs, à trop boire et à trop pleurer son Italie, il lâchait des pompes pour un minable baiser gin-toniqué. Il avait cinquante ans, il avait du ventre, ses deux fils s'étaient fait virer de l'école et sa femme faisait des ménages et des pâtes. Adriano avait toujours deux choses : le sourire, et des emmerdes. Adriano était à moitié bosseur, à moitié margoulin, enfin c'était à la fois un type bien et un filou.

À chaque fois que nous débarquions au Come Prima, j'avais droit à mon petit clin d'œil. Adriano m'aimait bien, et pas seulement parce que je le rinçais lorsque nous partions en virée. Il me plaignait, aussi. Le soir, après le service, alors qu'il allait vendre ses jupes et ses hauts Armani au black, qu'il buvait canon sur canon, moi j'allais coucher avec une vieille de soixante-dix-sept ans. Pour lui, j'étais puni. Ça lui servait de baume au cœur, il se félicitait de bosser soixante heures par semaine pour trois mille euros alors que moi, le bagnard, je devais me taper Lucienne. Autant vous dire tout de suite que je préférais ma situation, et de loin. Encore une fois, je n'étais pas un gigolo.

Adriano nous a fait les suggestions du chef. On aurait dit qu'un mauvais poète sous acide avait imaginé un pique-nique pour un dieu pas terrible. Les chefs ne peuvent pas s'empêcher d'être grandiloquents. Les chefs ne peuvent pas s'empêcher d'en mettre plein la vue. Des artisans qui se prennent pour des artistes et dont les œuvres finissent recouvertes de papier toilette.

Je n'écoute jamais vraiment les suggestions. Je prends le truc au foie gras en entrée, le bœuf en plat et le moelleux au chocolat. Bien que déguisé de mille façons, ce menu revient toujours.

Nous avons commandé et Linda nous a apporté l'apéritif maison, des kirs pêche. Macha s'est jetée dessus, pour y tremper ses moustaches. Lucienne me dévorait des yeux. Elle était heureuse. Moi aussi, je crois. Je n'étais en tout cas pas malheureux.

Pour les plats, Adriano devait être en pause clope. C'est Olivier, le patron, qui nous les a apportés.

– Les noix de Saint-Jacques, annonça-t-il tout en posant l'assiette devant Lucienne.

– Oui, pour moi.

– Le filet de biche pour vous, Macha ?

– Yo.

– Et le bœuf Rossini pour vous, Dino. Voilà : excellent appétit à vous.

Olivier était un Français d'une cinquantaine d'années qui avait tout compris à tout : il faisait manger aux Luxembourgeois des noix de Saint-Jacques avec des spaghettis noirs et une sauce au safran, en échange de quoi il roulait en Porsche. Un modèle. Lucienne l'idolâtrait. Il souriait super bien. Il était d'ailleurs en train de nous sourire lorsque Macha a commencé à s'étrangler. Enfin, quand je dis s'étrangler… Je devrais plutôt dire qu'elle s'est mise à beugler aussi fort qu'une otarie. Ses yeux ont roulé, ils cherchaient un truc, comme sa bouche, elle aspirait, en vain : un aspirateur Dyson avec le regard d'une truite, voilà. Tout le monde s'est levé, en panique. Olivier a réagi au quart de tour, il a soulevé l'ancienne de sa chaise, il a passé les mains sous ses bras et appuyé de toutes ses forces sur le diaphragme. Il a sauvé Macha, qui nous a sorti le plus gros rot de toute son existence. Un morceau de filet de biche a jailli de ses tréfonds et s'est écrasé sur le dôme d'oignons confits. Olivier a reposé Macha sur sa chaise et nous avons vite vu, Lucienne et moi, que quelque chose déconnait.

Macha ne parlait plus.

Macha bavait.

Macha avait un œil fermé et la bouche déformée en une grimace de gueule cassée de la Grande Guerre. Pas besoin d'avoir fait médecine pour faire le diagnostic d'un AVC, la seule question étant : sévère ou pas trop ? Je l'ignorais, évidemment, mais cette journée fut la première de ma descente aux enfers. Le grain de sable qui allait foutre en l'air vingt années d'une vie plutôt heureuse.

2

Le 11 août 1999

J'étais monté au Grand-Duché, à l'été 1999, pour rejoindre Faruk, un pote de cité. Il était aussi français que moi, mais j'aurais été incapable de dire quelle était sa véritable nationalité d'origine. Imaginez donc, lui se disait yougoslave, concept ethnique qui me paraissait totalement flou. Et pourquoi pas celte, tiens, prussien ou *Homo sapiens*. Toujours est-il que lorsque Faruk parlait de la Yougoslavie, ses yeux pétillaient. Et puis il avait son réseau *yougoslave*, un réseau transnational et transculturel. Dès le premier soir à Luxembourg-ville, il a voulu m'en faire profiter en m'emmenant dans un cabaret, entendez un bar à putes, tenu par une certaine Tania. Une Yougoslave d'un certain âge chez qui j'allais prendre quelques habitudes.

Je n'avais pas retrouvé Faruk pour le plaisir, mais pour l'aider dans son business. Il y a un trait commun à tous les gars de cités, en France, c'est cette incroyable propension à croire qu'une idée marrante trouvée en fumant des joints peut se muer en business du siècle. Les plus fous parviennent à faire des choses et leur réussite toute relative leur donne presque raison. La plupart s'effondrent sous les agios et les emmerdes.

Faruk était de ceux-là. À Lyon, il avait eu une illumination en se torchant au Label 5 chez Saïd, un de nos potes communs. Il avait chambré Saïd au sujet d'un tapis, comme on en voit chez tous les Arabes, sauf que le tapis en question était fixé au mur. *Et putain vous avez pas de moquette au bled ? Y a pas Castorama à Alger ? Même le papier peint vous mettez des tapis...* Un homme normal serait allé bosser le lendemain. Pas Faruk. Faruk n'était pas un homme normal. Il était des Buers. Pourquoi avait-il atterri au Luxembourg pour monter sa boîte, ça, aucune idée. Il était là, voilà tout. À se débattre avec l'administration et les normes européennes. À monter son business de papier peint du Maghreb. C'est donc ainsi que je me suis retrouvé à squatter une chambre au-dessus de sa boutique, route d'Arlon. Faruk et moi nous proposions de vendre des kilomètres de tapis du bled, en rouleaux de papier peint estampillé *made in Poland*. Je n'ai pas voulu investir tout de suite le peu d'argent que j'avais de côté, disons que j'ai eu une sorte d'éclair de génie. Personne n'a jamais acheté notre papier peint, sauf Tania, pour recouvrir les murs des chambres des filles, à l'étage. Nous avons posé le papier nous-mêmes, Faruk et moi, et nous l'avons si bien fait que Tania a exigé une ristourne de trente pour cent, accordée avec, en prime, nos excuses. Pour finir, nous sommes venus dépenser en un seul soir dans le cabaret tout ce que nous avions gagné.

Il m'avait fallu un peu moins d'un mois pour réaliser que je n'allais pas faire fortune ici, avec mon vieux pote Faruk. Dommage. Nous aurions été de superbes millionnaires, lui et moi. Cela étant je lui serai toujours reconnaissant de m'avoir attiré au Luxembourg. Nous n'avons que ça pour faire nos vies, nous autres des cités, les coups du sort. Les fils de bourgeois ont le destin, nous avons le hasard, hasard qui m'a poussé à prendre une assiette de spaghettis *alla crudaiola*, un midi.

À l'époque, le Come Prima était tellement pris d'assaut que le patron avait ouvert une sorte de restaurant bis, dans le même bâtiment, l'étage en dessous. C'était le Piu di Prima. Complet lui aussi, midi et soir. C'est ainsi que je me suis retrouvé à la table juste à côté de celle de Lucienne, en terrasse. Jusque-là, rien d'extraordinaire. Je me souviens de m'être dit que c'était une belle femme, pour son âge. Pourtant ce déjeuner allait bouleverser ma vie. Ce qui m'avait toujours manqué, c'était un peu de magie. J'allais être servi.

Nous étions le 11 août 1999.

La terrasse est à la restauration ce que la chemisette est à la mode.

Aujourd'hui je le sais, pour que Lucienne ait envie de s'y installer, il faut qu'il y ait une raison spéciale, une exception, quelque chose qui relève du miracle. Eh bien c'est exactement ce qu'il y avait, ce jour-là. Un miracle. C'était le jour de la dernière éclipse solaire totale du deuxième millénaire. Ça avait fait un foin, cette histoire ! À tel point qu'elle demeure l'éclipse la plus observée et admirée de l'histoire de l'humanité. Des gens friqués avaient même pris des jets privés pour survoler la bande d'ombre laissée par la lune, bande d'à peine cent kilomètres de large qui passait pile-poil par le Grand-Duché. Les gens étaient fous et ne parlaient que de ça depuis des semaines. Moi, j'étais surtout en train de réaliser que mettre des tapis orientaux sur du papier peint, c'était un peu con. Je pense même que j'étais déjà en train de me voir partir, revenir à Lyon et échouer. Pour tout dire, je n'y pensais plus, à cette connerie d'éclipse. Ça m'était complètement sorti de la tête.

D'un coup, à un peu plus de treize heures, les gens se sont levés, ont enfilé des lunettes de protection « spécial éclipse » et ont pointé le nez vers le ciel. J'ai dû faire la tête du type qui sort de trente ans de prison et qui découvre que les téléphones sont désormais portables, ce qui a amusé Lucienne. Elle m'a fait un large sourire. Ses lèvres parfaites ont mimé un oiseau suspendu en vol avec, par-dessus, des lunettes carrées à la Maître Gims. Lucienne a sorti une autre paire de lunettes de son sac à main Gucci et elle me les a tendues.

– OK, j'ai dit : c'est quoi le principe de la secte ?

– Pour vos yeux. L'éclipse…

– Ah oui c'est vrai, j'avais oublié. C'est maintenant ?

– D'ici quelques minutes, oui.

Suivant le mouvement, nous nous sommes levés et sommes sortis de la terrasse, pour nous retrouver en plein au milieu de la rue Sigefroi avec une centaine de personnes venues des terrasses et des bureaux environnants. C'était drôle car, pour la première fois depuis que j'étais dans ce pays de banquiers et d'étrangers, j'ai eu le sentiment vague et fugace d'appartenir à une communauté. Et puis c'est arrivé. La nuit. Comme ça, mais en super rapide, je dirais deux à trois minutes. Un silence de plomb est tombé sur le quartier du palais, on se serait cru dans *Tintin et le Temple du soleil*. Les gens se taisaient parce que c'était surnaturel. Vous n'avez jamais vu le jour mourir aussi vite et facilement, en une vie entière. On vous a expliqué depuis des semaines que ça allait arriver, la lune qui passe devant le soleil, Michel Chevalet a répété mille fois sur TF1 « Alors l'éclipse, comment ça marche ? », tout ça très bien, mais quand ça arrive, c'est votre corps qui réagit, pas votre tête. D'un coup, j'ai ressenti à quel point je n'étais rien, physiquement, face aux forces magistrales des astres. Le moindre petit dérapage dans la mécanique pourrait me broyer, en une fraction de seconde. Et, oui, j'ai eu peur.

Autour de nous les gens étaient plutôt souriants. Souriants et béats. Ils aimaient ça. Ils avaient le visage des Japonais qui se plantent au pied de la tour Eiffel pour la première fois. J'ai regardé Lucienne, qui avait l'expression d'un gamin qui découvre la mer en vrai, ce mélange d'amusement et de crainte. La température a chuté de trois ou quatre degrés, ce qui était le plus impressionnant. Ça donnait le sentiment d'être dans une réalité parallèle, une sorte de dimension cachée, un film de science-fiction dont j'étais le héros.

Lucienne s'est rapprochée moi. Côte à côte, nos bras se touchaient. Nous sommes restés ainsi de longues minutes, en silence, en contemplation. Puis j'ai dit, en parlant tout bas, comme au musée :

– Vous imaginez ce qu'ils ressentaient, dans le temps, quand on ne connaissait pas le phénomène ?

– Oh mon Dieu, les pauvres gens…

Je n'osais en effet même pas imaginer. Voir ça sans savoir ce qu'est une éclipse, sans avoir été prévenu par Michel Chevalet, équivaut à subir l'Apocalypse. Le monde qui s'éteint. Ça y est, Dieu a retrouvé l'interrupteur et il a coupé le jus.

La lumière et la température sont remontées aussi vite qu'elles avaient baissé.

Tout le monde a repris sa place dans le monde. Cette éclipse a été une parenthèse durant laquelle j'ai arrêté de vivre, je veux dire que j'ai été hors du temps et de la vie durant ce quart d'heure-là. Pour en avoir reparlé des centaines de fois depuis avec Lucienne, c'est aussi ce qu'elle a ressenti. Sans cette éclipse, j'aurais mangé mes pâtes, Lucienne sa salade de la mer, et puis rien. Au lieu de ça, nous nous sommes trouvés liés de façon étrange, et pour toujours. Nous nous sommes tutoyés immédiatement. Nous avons vécu ensemble un truc à la fois totalement dingue et parfaitement prévu. D'une certaine façon, lorsque nous nous sommes réinstallés à nos tables, nous étions déjà un couple.

– Et qu'est-ce que vous faites de si passionnant à Luxembourg pour en oublier l'éclipse ?

– Je suis venu ici pour rater ma vie, je crois.

– Et ça marche ?

J'ai ri. J'ignorais encore que toute Lucienne était dans cette réplique. Ce « Et ça marche ? » était un sirop d'elle-même, une façon très aristo de vanner, finalement. Calme, presque réservée, Lucienne parlait peu mais lorsqu'elle le faisait, ça fusait. Un humoriste en elle se retenait, par bienséance, et de temps en temps il parvenait à s'échapper pour envoyer un bon mot. Oui c'était bien elle, ça. Que ce soit dans la joie ou dans la colère, plutôt exceptionnelle et froide d'ailleurs, elle avait le verbe rare et dévastateur. C'est bête à dire, mais je crois que je l'ai aimée sur cette phrase.

Et ça marche ?

Nous avons mangé ensemble. Nous avons passé l'après-midi ensemble. J'ignorais que Lucienne était riche à millions et c'est certainement ce qui lui a plu dans cette journée, une journée gratuite. J'ai été gratuit pour elle, alors que tous ceux qui la côtoyaient habituellement ne voyaient en elle qu'une Liliane Bettencourt.

3

La grosse Tania

Cela faisait un peu moins de vingt ans que Faruk avait disparu de la ville. Où était-il maintenant ? Sûrement en train de vendre du papier peint, quelque part en Yougoslavie. Et moi j'étais là, parfaitement implanté dans le Grand-Duché. Je n'ai jamais cessé de visiter Tania qui, avec les années, est devenue la grosse Tania, et une amie.

À un peu moins de cinq heures, ce matin-là, dans son claque, il n'y avait plus grand monde. Adriano, affalé sur une vieille banquette en velours, tentait vainement d'escalader l'Everest des gros seins de Daniela, une Roumaine de vingt ans sa puînée. Oh elle ne disait pas non, elle avait même tendance à lui tenir la tête pour le guider, mais Adriano était trop saoul. Il devait avoir plusieurs Daniela dans le champ de vision, toutes floues, et aucune au milieu. Compliqué.

Il faut dire que nous avions énormément bu. J'avais mangé seul au Come Prima et j'avais ensuite attendu à l'Art-Scène, juste derrière le palais du Grand-Duc, qu'Adriano termine son service. Il avait vite rattrapé son retard, à coups de gin-tonic. Nous avions fait la tournée des bars, des lounges et des boîtes, pour finir ici, chez la grosse Tania. Daniela, la seule fille disponible, nous avait rejoints au bar, tandis que Tania herself avait fait office de barmaid. Tania. Sexagénaire d'un mètre soixante pour à peu près quatre-vingt-dix kilos, dont vingt de poitrine. Un monument des nuits luxembourgeoises depuis plus de quarante ans. Une femme simple, dans le sens de pas compliquée, qui avait tout compris aux hommes : les écouter, les sucer, les encaisser. Après quatre décennies de pratique, elle n'en attendait absolument rien d'autre.

J'aimais bien écouter la grosse Tania. Elle me répétait souvent que, derrière les cravates, derrière les gros salaires, il y avait toujours la même chose, à savoir pas grand-chose. « Les hommes vous voulez tous pareil, Dino : en mettre plein la vue à maman, et mettre vos queues dans des orifices humides. » Une ou deux fois j'avais tenté de défendre ma corporation, arguant que l'évolution de l'humanité, des cavernes jusqu'aux claques du Luxembourg, témoignait d'une vision supérieure, d'un projet quoi ! Teu-teu-teu… Tania m'avait toujours remballé. « Ça, ça vous occupe. Mais sinon, tout ce qui vous intéresse, c'est les trous pour pouvoir la mettre au chaud. »

Après une bonne dizaine de coupes de champagne à vingt-cinq euros, Tania avait décidé de me payer un verre. Juste à moi, parce que Adriano, vu son état, autant donner du lard à un Italien. Tania adorait m'envoyer des scuds sur mes origines italiennes. Ça me faisait rire. De temps en temps, je lui glissais moi aussi un petit fion sur son pays, la Yougoslavie, qui n'existait même plus. C'était juste une façon de lancer la conversation, on se taillait gentiment.

– Bon, et ta belle-mère alors, elle en est où ?

– Pas mieux.

– Ça fait combien de temps maintenant ?

– L'AVC ? Six mois…

J'avais plusieurs fois raconté à Tania mes malheurs, notamment combien il était lourd et chiant et sans intérêt de devoir s'occuper d'une vieille handicapée qui me détestait, par-dessus le marché. Six mois que Macha était en fauteuil roulant, six mois qu'elle avait emménagé chez Lucienne et moi, avec son putain de lit médicalisé. Un cauchemar.

– C'est normal que ta femme ait pris sa mère chez vous. C'est bien. Moi mes enfants, quand ce sera mon tour, ils vont me mettre en maison. Je le sais.

– C'est pas la mienne, de mère.

– C'est bien quand même, Dino. Tu fais une bonne action, le Grand Patron le voit.

– Mouais, le Grand Patron, c'est ça…

Tout en parlant, Tania préparait sa mise en place. Elle ne se gênait pas pour la faire en ma présence. Disons que dans sa vision de la race *homme*, j'étais plutôt dans le haut de l'organigramme. Je restais évidemment une verge avec une bouche pour s'exprimer et avec un porte-clés Mercedes dans la poche, mais elle connaissait des types tellement pires que j'en devenais fréquentable. À ma décharge, j'utilisais somme toute assez peu ses services. J'aimais bien les claques, c'est certain, et mon Adriano ne ferait jamais rien pour me dissuader de zoner dans ces établissements. En revanche je n'en croquais que rarement. Ce que je venais faire, c'était boire des verres hors de prix avec des jeunes femmes bien contentes de tomber sur moi et de ne pas avoir à monter. Deux trois bisous dans le cou, des blagues parfois graveleuses, voilà tout. Il faut dire que Lucienne et moi avions une sorte d'accord tacite qui voulait que, si de son côté elle évitait de me téléphoner au milieu de la nuit, j'évitais quant à moi de faire n'importe quoi en ville. Luxembourg est un village, un tout petit village dans lequel le téléphone arabe peut faire des ravages. Ma part du deal consistait à ne pas nuire à l'image de Lucienne en m'affichant de façon trop dégueulasse avec des gamines polonaises ou ukrainiennes de moins de vingt ans.

Tandis qu'Adriano, effondré sur la banquette, commençait de ronfler, Tania transvasait les liquides dans des bouteilles de champagne vides qu'elle avait mises de côté. Je connaissais les proportions. Un tiers de vrai champagne, deux tiers de Rosport Blue, l'eau gazeuse du Luxembourg, et juste un bouchon de Coca-Cola, pour donner de la couleur. Tania tailladait ensuite les bouchons en liège au couteau, avant de les enfoncer dans les bouteilles. Ça, c'était pour les filles. C'était quand même vingt-cinq euros la coupe, attention. Le client l'ignorait mais il payait une eau gazeuse à la fille, et au prix fort. Il ne s'agissait pas seulement de marge scandaleuse. Il y allait de la santé des filles dont le métier, finalement, avant de coucher, consistait à faire vider des bouteilles. Avec du vrai champagne, elles auraient fait un coma éthylique par semaine. Lorsque le client achetait une bouteille et remplissait lui-même la coupe de sa charmante hôtesse, le stratagème ne tenait plus. Hors de question de refiler une des fausses bouteilles. Là, les filles improvisaient pour ne pas être trop saoules. Elles connaissaient les astuces, une des premières consistant à ne pas se placer trop loin d'une plante, pour pouvoir y vider leur coupe. La terre des plantes vertes des bars à putes du Luxembourg est saturée de champagne.

Malgré toutes ces précautions, la plupart des filles étaient alcoolos.

J'avoue que cela m'aidait à ne pas leur sauter dessus. Les filles défoncées, merci bien. Soit elles en font trop, soit elles ne font plus grand-chose. Dans les deux cas, je ne suis pas très fan.

Dès que Tania a eu terminé sa petite dînette, elle m'a fait comprendre qu'elle fermait. Bien. À charge pour moi de ramener Adriano chez lui. Ce n'était pas la première fois. J'allais le réveiller lorsque Paul Drumond, ivre mort, a fait son entrée dans le claque. Il était accompagné de deux trous-du-cul d'une trentaine d'années, défoncés eux aussi.

Paul Drumond. Le responsable de l'agence BGL dans laquelle Lucienne détenait plusieurs comptes. Le nombre exact, aucune idée. Le montant global, certainement plusieurs millions d'euros. Lucienne avait des comptes dans des dizaines de banques différentes, elle maîtrisait parfaitement le tourisme de l'argent. Multimilliardaire, ma Lucienne. Elle possédait des actifs dans des sociétés partout à travers le monde, sans compter les biens immobiliers, des immeubles à Paris, à Monaco ou encore à Londres. Autant dire que lorsque Drumond recevait Lucienne, il était aussi lisse qu'un tapis. J'y allais de temps en temps, et je suis sûr que j'aurais pu lui demander d'essuyer de la merde sous mes chaussures. Un banquier, quoi.

Le problème avec Drumond, lorsqu'il buvait trop, c'était que deux choses lui poussaient dans le corps : les couilles, et la bêtise. À plusieurs reprises déjà, il m'avait cherché, à l'occasion de fins de soirée similaires, dans le même genre d'endroit. Il devait s'imaginer qu'il me prenait en faute, qu'il pouvait se permettre n'importe quoi et que je n'irais pas me plaindre auprès de Lucienne. Tel un enfant, il me titillait, il me cherchait dans la cour de récré, il voulait me rabaisser, me montrer qu'en l'absence de *la vieille*, il m'était supérieur. Il avait raison sur un point : l'accord tacite déjà évoqué, qui nous unissait Lucienne et moi, m'interdisait tout scandale. Cela dit, lorsqu'on supporte depuis six mois une belle-mère acariâtre et handicapée, on n'est plus le même homme. Six mois…

Drumond est venu droit sur moi, sourire du type sûr de la blague qu'il va faire.

Il a posé ses mains sur mes épaules et m'a demandé : « Comment allez-vous, madame Courtois ? » En m'appelant madame Courtois, du nom de Lucienne, il soulignait de façon peu subtile mon hypothétique statut de gigolo. Genre je suis *la* compagne de Lucienne. Au passage, dans sa tête putride de conservateur belge, il insinuait qu'un milliardaire se doit d'être un homme et la personne qui partage sa vie, une fille, entendez une pute.

Je me souviens parfaitement du coup de boule de Zidane en finale de Coupe du monde de foot, contre l'Italie, ainsi que des débats qui ont suivi. Les abrutis disaient « Attends, putain, c'est normal, il a insulté sa sœur », tandis que les petits-bourgeois y voyaient le signe d'une violence enkystée que même la réussite n'avait pu gommer totalement. Bon, à l'instar de beaucoup d'autres sujets, en fonction de mon humeur, je crois que tout le monde avait raison. Insulter la sœur, c'est mal. Péter un plomb en finale de Coupe du monde, c'est naze. Ce qui est certain, c'est que je viens d'une cité. J'ai bon caractère, je suis plutôt avenant, et Lucienne me collait du vernis sur l'âme depuis vingt ans, mais bon, des fois… J'ai vu rouge, comme on dit. Je me souviens de m'être dit que si cet abruti de Drumond avait grandi aux Buers, il se serait fait massacrer. On l'aurait retrouvé au fond d'une cave. Mister Buers prit le dessus sur docteur Dino. Je me suis retrouvé vingt ans en arrière, avec des mots dans la bouche qui sont remontés de très loin, la bile de la jeunesse, le soufre des années passées :

– Écoute-moi bien, petite pédale, si t'enlèves pas tes mains, je te mange le foie.

– Calmez-vous, enfin, je plaisante. Nous sommes entre gens de bonne compagnie, madame Courtois…

Ma tête est partie plus vite que les mots dans mon cerveau. J'ai visé juste sur le nez, un bel aplat de front, parfait, les os qui craquent, le sang qui gicle et le banquier qui pleurniche par terre. Par je ne sais quelle fantaisie de la mémoire, une scène de *Casino* de Scorsese m'est revenue, et j'ai rejoué la réplique de Joe Pesci, à ma sauce. « Putain c'est marrant, y a deux secondes j'avais un bonhomme devant moi, et maintenant j'entends une fillette. Oh ! Il est où le golgoth de tout à l'heure ? Hein ! » Là, il m'est apparu important de lui donner un coup de pied dans le ventre, après quoi, histoire de vraiment peaufiner la choré, je me suis baissé et je lui ai mis deux droites dans la mâchoire. Au passage, je lui ai pris sa Rolex, à ce porc. Les deux banquiers qui l'accompagnaient ont levé les mains devant eux, en signe de reddition et/ou de couardise, enfin rien que de très commun pour des ingénieurs financiers. Ils ont ramassé leur pote et le trio comique a vidé les lieux.

Adriano dormait toujours et, tandis que Daniela tentait d'éponger le sang à l'aide d'un rouleau d'essuie-tout, Tania m'a servi d'autorité un armagnac. Je l'ai remerciée, j'ai posé la Rolex devant elle en annonçant que c'était cadeau, pour le dérangement, et j'ai commencé à réaliser ce qui venait de se passer. Une fois la pression redescendue, je ne me sentais pas spécialement intelligent, j'avoue. *Une violence enkystée que même la réussite n'avait pu gommer totalement.* Et, oui, comme un adolescent qui vient de défoncer la voiture de ses parents, j'ai pensé que Lucienne allait être déçue.

4

Une heure trente-cinq

Je n'ai pas d'enfant mais si j'en avais, je sais quelle consigne je leur donnerais. « Si quelqu'un te frappe, tu frappes en retour. » Attention, il ne s'agit pas du tout de vengeance, de suprématie ou de celui-qui-a-la-plus-grosse. Il s'agit de communication primaire. Il s'agit de bien faire savoir à toute la jungle de la récréation qu'il y a un os, que ça répond, que ça mord, que ça pique, bref, qu'il vaut mieux éviter de chercher des noises. Il s'agit aussi de faire tomber la sentence sur-le-champ. Et puis c'est un message limpide, nul besoin de traducteur et aucun risque d'incompréhension.

Ceux qui vont voir la maîtresse se font friter dans la rue, quelques jours plus tard. Sans compter qu'ils passent du statut d'être humain à celui de rapporte-paquet, double peine qui n'est absolument pas tenable.

Dans la cour, il y a ceux qui rampent sur les cailloux et il y a ceux qui conduisent des aigles. Pour moi ça a été facile, j'en conviens. J'ai toujours été le plus costaud et je ne me souviens d'ailleurs pas qu'on ait tenté de se frotter à moi. Il faut dire, enfin, que je traînais avec des barges. Des types qui mangeaient des boulons pour le quatre-heures. Les François, Saïd, Faruk : des types intouchables. Mais, malgré cette double protection, la règle de base est demeurée inchangée : *Si quelqu'un te frappe, tu frappes en retour.* C'est ce précepte que j'ai appliqué, à la lettre, avec Drumond. Je retournais le problème dans tous les sens, essayant d'anticiper l'explication que j'allais donner à Lucienne, et je ne trouvais rien d'autre à lui rétorquer. Est-ce que cela suffirait ? J'en doutais. Dans le monde de Lucienne, la guerre de tous contre tous suivait d'autres règles, d'autres lois. Elle me trouverait barbare, sauvage ou, pire : commun.

Dans l'immédiat, je tenais le quatre minutes trente au mille depuis une bonne demi-heure, et c'était tout ce qui comptait. Cela faisait des mois que je m'entraînais et si je parvenais à tenir cette cadence, eh bien oui, enfin, je passerais sous la barre des une heure trente-cinq sur semi-marathon. À celui du Luxembourg, le mois précédent, j'avais fait une heure trente-neuf. Pas mal, mais pas assez. Pas l'élite, quoi.

J'ai toujours couru. Je n'ai pas attendu que cela soit à la mode. En revanche, il est vrai qu'à la suite de l'AVC de Macha, j'ai multiplié les entraînements, et donc les efforts, et donc les performances. Je me suis pris au jeu, pris à cette drogue, au point d'organiser mes semaines autour des trois sorties hebdomadaires obligatoires : un dix bornes intensif en début de semaine, puis une séance de fractionné (vingt fois trente secondes de sprint/trente secondes de récupération au pas), en général le mercredi, et enfin une sortie longue de quinze kilomètres le week-end, en mode balade, à dix kilomètres à l'heure. Accessoirement, je sortais beaucoup moins le soir. Cette *passion*, Lucienne ne pouvait décemment pas me la reprocher. Je m'entraînais, quoi !

Je courais.

Je courais tant et tant que Lucienne en était même arrivée à prendre une aide à domicile, un grand couillon de Luxembourgeois mal dépucelé. Jean-Pierre. Un gars un peu plus jeune que moi, qui n'avait aucun avenir, aucune compétence, un corps longiligne sans muscles et une tête allongée et trop étroite. Insipide et mou, il n'y avait qu'une chose de vivace chez lui : son regard de hyène. J'imagine que Macha avait dû déteindre sur lui, car il me détestait. Cela se sentait, cela transpirait de sa peau. Oh, je savais très bien pourquoi : il se serait bien vu à ma place, tel un vrai gigolo, pour le coup. Cela n'arriverait pas.

Lorsque je suis revenu à la maison, satisfait de mon temps, à savoir un peu moins de quarante-trois minutes pour dix kilomètres, Chiant-Pierre était en train de charger le fauteuil roulant de Macha à l'arrière du van Mercedes acheté spécialement pour elle. Macha, qui m'a dévisagé de son seul œil valide. Macha qui ne pouvait plus parler, qui pouvait tout juste manier le joystick de son fauteuil de la main droite. Macha qui mangeait à la paille et qui déféquait à la couche, avec rien entre les deux. Macha qui pompait toute l'énergie et tout le temps de Lucienne. Macha qui nous vampirisait. Macha : le Verdun de ma vie.

Lucienne, assise à l'avant, attendait, son sac à main sur les genoux. Chiant-Pierre a pris le volant. Elle m'a lancé un regard fumasse, qui en disait long. Je n'avais qu'une chose à faire pour calmer le jeu et pour lui rendre le sourire, je n'avais qu'à lui dire d'attendre cinq minutes, une douche en deux-deux et me voilà, je vous accompagne. Mais c'était au-dessus de mes forces. Aller promener Macha dans son fauteuil, je n'en pouvais plus. Lucienne, elle, n'avait pas le choix : c'était sa mère. Bon, j'avoue aussi que je fuyais. Mon exploit de la veille n'avait pas encore été rapporté à ma dulcinée, et j'en avais tout simplement honte. Bêtement, je préférais ne pas être là lorsque le coup de téléphone ne manquerait pas de tomber. Un enfant.

Lorsque je suis entré dans la maison, j'ai vu du coin de l'œil une Audi A6 banalisée s'avancer dans notre allée. Bon, OK, j'ai pensé : on y est. Ça c'est pour moi. Je suis monté à l'étage et j'ai sauté dans la douche. Hors de question d'être en tenue de joggeur, tout puant, pour l'entretien qui se profilait. J'ai pris mon temps, comme un type à la conscience tranquille. J'ai revêtu mon plus beau jean, un polo Lacoste blanc comme mon âme, et je suis descendu au rez-de-chaussée, où la petite bande de joyeux Luxembourgeois m'attendait. Lucienne, hors d'elle, était assise sur le canapé. Le fauteuil de Macha avait été garé dans un coin, avec Macha dessus, hors d'elle, elle aussi. Chiant-Pierre, debout dans l'embrasure de la porte, était faussement outré. Et puis ce flic, enfin. Les emmerdes volent en escadrille, disait Jacques Chirac. Cent pour cent d'accord : elles fonçaient présentement en piqué sur leur cible (moi) à la façon des Stuka de la Luftwaffe.

Ce qui est bien au Luxembourg, quand vous êtes une riche héritière, c'est que la police vous demande votre avis avant d'arrêter votre compagnon. C'est le petit plus de cette police, qui a par ailleurs la réputation d'être la moins efficace de tous les pays européens. Daniel Schwartz était l'envoyé du Grand-Duché. Un commissaire quelconque, ou un autre mot encore plus ronflant d'ailleurs, absolument aucune idée des grades usités ici. Un flic, quoi. Il avait la cinquantaine, une calvitie bien entamée, le ventre d'un type qui se passionne depuis longtemps pour la bière et le look d'un autre espace-temps. Chemise en jean, cravate texane et jean neige sur des mocassins Sebago Docksides. Le musée Grévin à lui tout seul. L'ensemble donnait en tout cas à cet homme de presque deux mètres une allure de plouc intégral. Ses lunettes de vue en demi-lune l'obligeaient à lever la tête pour voir à travers les verres, si bien qu'il donnait l'impression de vouloir en permanence montrer aux gens l'intérieur de ses narines. Ses dents peu soignées achevèrent de me le rendre très antipathique.

Je me suis assis sur le canapé à côté de Lucienne, et Schwartz a pris la parole et répété ce qu'il venait d'exposer :

– M. Drumond est toujours en observation, à l'hôpital de Kirchberg. Il porte plainte contre vous, monsieur Scolla.

– C'est Scalla, mon nom. Oh pis ça va, il était saoul comme un porc. C'est un type malsain qui m'a manqué de respect. Un type vraiment très malsain, si vous voyez ce que je veux dire.

– Mais il a le nez vraiment très cassé, si vous voyez ce que je veux dire… Écoutez, je ne suis pas là pour juger de la qualité morale de M. Drumond. Je suis là pour voir avec vous comment gérer cette… affaire. Remarquez qu'en tant que Luxembourgeois, les bagarres entre Français et Belges ne m'émeuvent pas tant que ça. Cela étant, il y a plainte, et le policier que je suis se doit d'agir.

– Je suis persuadée de pouvoir trouver un arrangement avec M. Drumond, intervint Lucienne. Laissez-moi lui téléphoner.

– Je veux bien, madame Courtois, mais il y a tout de même l'histoire de la montre. Une Rolex. On est maintenant sur un cas de vol avec violence, vous comprenez…

Schwartz louvoyait. Ça sentait les bonnes œuvres de la police. Ça sentait le petit arrangement entre gens du même monde. Je ne m'y étais pas trompé : Lucienne et lui ont commencé à parler luxembourgeois, me plaçant de fait à l'écart de la décision. Je me suis mis à admirer mes chaussures. Je ne comprenais rien mais, à l'attitude et aux expressions de Lucienne, j'ai eu le sentiment qu'elle négociait pour m'éviter un séjour en prison. Schwartz avait-il le pouvoir de m'imposer ça, histoire de dresser le sale Français que j'étais encore ? La prison au Luxembourg, c'est plein de Cap-Verdiens stupides et camés et de petits mafieux des Balkans, stupides et camés aussi. Moi, là-dedans ? Pas super envie.

Macha avait la tête d'un Thermomix en pleine cuisson. Elle en tremblait.

Chiant-Pierre ne pouvait se défaire d'un sourire en coin. Bâtard, celui-là. Attends que je me tire de cette légère mauvaise passe, toi, tu vas voir, je vais te parler du pays.

La sentence est tombée d'un coup. Ce fut aussi brutal que le retour au français dans la bouche du policier.

– Et si vous preniez un peu l'air, monsieur Scolla ?

– C'est Scalla, mon nom. Dino Scalla.

– Répondez à ma question, monsieur Scolla. Qu'en dites-vous ? C'est l'été. Quelques vacances au soleil. J'imagine que vous possédez un ou deux pied-à-terre dans le sud de la France, madame Courtois ?

– Oui, répondit Lucienne. Nous avons aussi le yacht, à Saint-Tropez…

– Attendez, attendez, de quoi est-ce que l'on parle ? Quelqu'un peut m'expliquer ? Lucienne ?

– Dino, M. Schwartz affirme que si je peux convaincre Drumond de retirer sa plainte, il pourra de son côté trouver un arrangement pour le vol avec violence. Mais il serait judicieux que tu quittes le Grand-Duché quelque temps. Ce serait comme un signe de bonne volonté adressé à M. Drumond. Tu comprends ?

– Mais Lucienne ! et ses excuses à lui, pour m'avoir insulté ?

– Je crois que tu lui as bien fait comprendre hier soir combien tu étais mécontent.

Lucienne raccompagna Schwartz jusqu'à la porte d'entrée et Chiant-Pierre, décidément parfait dans le rôle du chevalier servant efficace et discret, emmena Macha dans une autre pièce.

Je restai un long moment sur le canapé, pestiféré. Je n'avais pas de colère, aucune envie de monter au créneau, de hurler mon innocence ou je ne sais quoi. Je crois que les six mois passés à supporter Macha sous mon toit, à supporter la distance que Lucienne avait fatalement mise entre nous, ces six mois m'avaient usé et conduit à l'évidence : cela me ferait le plus grand bien de prendre un peu l'air. Et puis je ressentais le besoin de faire le point. Était-ce normal de ne pas avoir d'enfants à mon âge ? Est-ce normal de vivre avec une femme de l'âge de sa mère ? Est-ce normal de vivre au Luxembourg ? Autant de questions qui me sont tombées dessus d'un coup, comme ça. Claquement de doigts et claquage de neurones.

Lorsque Lucienne m'a rejoint au salon, elle se tortillait les mains à s'en blanchir les phalanges, ce qui ne lui ressemblait pas. D'ordinaire calme et posée, elle haussait rarement le ton, ne se fâchait que très peu et ne maltraitait jamais ses belles mains. Lucienne était une femme sereine, elle avait le pouvoir de vous calmer, de vous apaiser, je sais pas, un truc en elle, une sorte de kryptonite positive. Sa voix était douce et un rien caverneuse, pas grand-chose, juste assez pour rassurer. Lorsqu'elle vous écoutait elle penchait légèrement la tête et elle avait un sourire engageant, bref, elle vous donnait l'impression d'être passionnant. Elle était comme ça tout le temps, avec les serveurs dans les restaurants, avec les vendeuses dans les magasins, partout. Elle avait ce petit truc à peine maternel qui me faisait tant de bien. Là, je ne la reconnaissais pas. Elle était stressée. Avec son statut social, un pauvre flic ne pouvait pas l'impressionner. C'était donc nous. C'était donc moi. Nous nous étions lentement perdus, ces six derniers mois. J'avais lâché, je m'étais laissé glisser, plus par paresse qu'autre chose. C'était certainement le pire : la paresse du cœur. Quand, avec les années, vous couchez moins ensemble, vous veillez plus tard le soir et connaissez le catalogue Netflix par cœur.

J'ai pris le visage de Lucienne entre mes mains et je l'ai embrassée. M'éloigner me ferait du bien, sûr, tout comme à elle. Allez c'est rien, c'est juste une pause, c'est juste des vacances de couple, une façon d'aérer la vieille maison sans casser aucune fenêtre. Allez c'est rien, je vais te manquer et puis voilà, tu seras heureuse de me revoir et moi de revenir. Allez, c'est rien.

– Il m'a appelé madame Courtois, ton banquier…

– Ah c'est ça, a répondu Lucienne en souriant. On n'attaque pas la virilité de Dino Scalla. C'est un peu vieux jeu quand même, tu ne trouves pas ?

– Lucienne, c'était une agression.

– Oh mais je sais que tu l'as pris comme ça. Je te connais. Un vrai Italien, hein. Tu es un macho, en fait.

– Allez, te fous pas de moi. Je suis désolé. Ça va aller avec le flic, là ?

– Oui, je pense. C'est une solution comme une autre. Tu prends un peu de vacances, et on se retrouve.

– Je suis puni comme un enfant, Lucienne.

– Laisse-moi gérer tout ça. Ce sont des choses entre Luxembourgeois. Et puis ça te fera peut-être du bien de t'éloigner un peu ? Je sais que c'est dur pour toi, avec maman à la maison…

Était-ce un reproche, genre si tu étais un chic type, cela ne devrait pas être dur pour toi d'accueillir Macha ? Je l'ignore. Quelque chose avait changé entre nous, sans que je puisse dire quoi, là, tout de suite. De la lassitude. De l'ennui. Le besoin de nouveauté. Un peu de tout cela, peut-être. Une fois encore, une histoire d'éclipse.

J'ai pris le temps de préparer mes affaires, après quoi Lucienne m'a confié les différentes clés du yacht et m'a donné les recommandations que je connaissais déjà. L'important, c'était qu'elle me parle de façon détachée, naturelle, et pourquoi pas de logistique après tout. Ça voulait dire que je devais y aller. J'aurais bien aimé, là, pouvoir scanner son cerveau et savoir ce qu'elle pensait.

5
Continental

Quand j'étais gamin, on avait une vanne sur les gens du voyage. On disait qu'un gitan sédentaire était un gitan qui avait réussi. Ce samedi après-midi de juillet, dans ma superbe Mercedes lancée à cent soixante sur l'autoroute, je me sentais absolument nomade, plus libre que le plus jobard des forains. Le soleil, les kilomètres, le sud de la France, tout cela concourait à la certitude soudaine que j'avais de ne rien devoir à personne.

Je n'avais pas trop laissé voir ma satisfaction à Lucienne.

J'avais fait le type qui part la mort dans l'âme, l'arrondisseur d'angles en chef. Le martyr sacrifié sur l'autel de la bienséance luxembourgeoise. Le yacht, dans le port de Saint-Tropez ? Pourquoi pas. C'est un point de chute comme un autre. Et me voilà la musique plein pot dans l'habitacle, j'ai dépassé Aix-en-Provence et je pique sur Aubagne, je veux me faire la Côte d'Azur par la nationale, et La Ciotat, et Bandol, et La Seyne-sur-Mer, et Hyères et Le Lavandou, je vais me faire la totale jusqu'à Saint-Tropez, où les quarante-cinq mètres carrés du yacht amarré dans le port m'attendent.

Nous y avions séjourné de nombreuses fois, Lucienne et moi, et à chaque fois la même scène m'avait sidéré : les milliardaires dans leurs yachts qui regardent sur le quai les pauvres les regarder. Scène surréaliste d'une armée de bermudas qui a sacrifié une journée de plage pour venir admirer quelques nantis. Je n'ai jamais compris ce que les Nadine et les Jean-Paul et les moutards venaient chercher ici. Le type sur son yacht ne mérite pas qu'ils s'arrêtent pour le mater. Le simple fait qu'il choisisse de venir ici étaler son bateau fait de lui un abruti. J'en étais arrivé à la triste conclusion que c'étaient les mêmes beaufs, des deux côtés du quai, les mêmes riens, qui croient que l'on mesure une vie en argent. Pourquoi tous les bermudas ne montent-ils pas à bord des yachts pour balancer les propriétaires à la flotte et prendre leur place ? Comme ça, juste pour que ces chers milliardaires comprennent le message : OK on ne peut pas intégrer les conseils d'administration, OK on ne peut pas aller chercher vos millions sur vos comptes domiciliés on ne sait même pas où, OK. En revanche, si tu fais le beau devant moi, je te balance à la mer. Oui, mais non. Dans leurs sandales, dans leurs T-shirts bariolés, ils sont plantés là, gardiens de la nullité triomphante. Tout ce dont ils rêvent, c'est de la place sur le bateau, là-haut, avec la pute de vingt ans. Rien d'autre.

Et dire que je m'apprêtais à investir le yacht de Lucienne. Je n'étais pas certain d'en avoir envie. Intégrer la communauté des blazers aux pieds de cochon, en plein mois de juillet, à Saint-Tropez ? Je n'ai pas eu le temps de répondre à cette question, le destin a tranché à ma place. Là, comme ça, sans prévenir, tous les voyants du tableau de bord de la voiture se sont allumés. On aurait dit Las Vegas la nuit. Dans la foulée, le moteur lui-même s'est arrêté. Je n'avais jamais vu ça sur une Mercedes. J'ai juste eu le temps de me déporter sur la bande d'arrêt d'urgence.

Il a fallu une heure à la dépanneuse mandatée par mon assurance pour arriver. Une heure durant laquelle j'ai tenté de faire le point sur ce début d'été et sur ma vie. C'était la première fois que je partais seul depuis que je vivais avec Lucienne et, nonobstant la joie que cela me procurait, j'étais mal à l'aise. Un étrange sentiment d'usurpation me vrillait le cerveau, comme si je n'avais pas le droit de profiter de ces quelques semaines de vadrouille. Peut-être n'étais-je qu'un peu perdu, à cause du shoot brutal de liberté ? Eh oui, une petite overdose. Peut-être, aussi, que Lucienne était en train de m'échapper et que je le sentais ? Mon départ un peu précipité me laissait un arrière-goût de rupture qui ne me plaisait pas des masses, à vrai dire. Cela dit, j'aurais été incapable de dire laquelle de ces deux explications était la bonne. Je n'en menais pas large en tout cas. Il faut dire aussi qu'à intervalles réguliers, des pères de familles monospacées me klaxonnaient en passant, trop heureux de voir un super-riche super en panne. D'une certaine façon, leurs vacances commençaient bien. Il y a une justice, la galère touche aussi les types pleins aux as.

Salauds de pauvres. Et salaud de dépanneur aussi, tiens, qui, à l'instar des klaxonneurs, n'a pu s'empêcher de me rabaisser. Oh pas méchamment, non, juste en m'avouant que c'était la première fois de sa carrière qu'il chargeait une AMG comme la mienne. Style normalement cela n'arrive pas, ces voitures sont trop parfaites et performantes. Sauf que là, ben si. Ça arrive. Ça m'arrive. Mon petit séjour dans le Sud commençait sous le signe de la guigne, ou je ne m'y connais plus en astres ! Je suis monté à côté du gars dans la dépanneuse et on a roulé une bonne demi-heure, Rire et Chansons plein pot.

– Vous avez une bonne assurance, au moins ?

– Oui, pas de souci. Pourquoi ?

– Mais parce que c'est tous des voleurs, tiens ! Des arnaqueurs. Tenez, vous, vous z'en avez même pas besoin avec votre Mercedes. C'est de la super caisse, ça. Enfin, pas là…

J'ai envoyé un SMS à Lucienne, plaisantant sur la malchance, sur le fait que ça me portait malheur de partir sans elle, mais elle n'a pas répondu. Le dépanneur a encore disserté sur les bienfaits de Mercedes et sur la bâtardise des assureurs, pour me déposer chez un garagiste, à la sortie de La Ciotat. Le patron, seul dans son boui-boui, avait l'air totalement dépassé. Il m'a avoué avoir une bonne dizaine de voitures en retard et sur son visage je ne lisais que lassitude et mort dans l'âme. La tête de Tom Novembre sur le corps de Sim. De toute façon je n'avais pas le choix, il était le plus proche garage accrédité par l'assurance.

– Vous en aurez pour combien de temps ?

– Pfuh. Je suis débordé, là. Heureusement que je vis tout seul, j'vous jure. Je vis que pour mon travail, vous savez. Je travaille la nuit, jusqu'à point d'heure.

– Combien de temps alors ?

– Deux ou trois jours.

– Nan ?

– Si. Les gens attendent l'été pour tomber en panne, j'vous jure.

– Oui, et dans votre secteur en plus : on le fait exprès.

– Si vous êtes pas content…

– Si. Très. Vous pouvez m'indiquer un hôtel ?

– Ben là dans le coin, je vois pas… Faudrait retourner sur La Ciotat. Mais allez aux Naïades, là, à côté. Camping cinq étoiles, ils ont des bungalows. Vous serez beaucoup mieux.

– Des bungalows disponibles en plein mois de juillet ?

Le dépressif à molette n'a pas daigné me répondre. Je n'avais déjà pas une très haute opinion des garagistes français, mais là…

Lorsque je suis arrivé à l'entrée du camping des Naïades, ma valise à roulettes à la main, j'ai cru débarquer sur une scène de crime. Il est évident que si j'avais pu, j'aurais fait demi-tour. Deux voitures de gendarmes, à l'entrée, annonçaient la couleur. Leurs occupants, une demi-douzaine, allaient et venaient à l'accueil, cuisant de l'intérieur dans leurs uniformes. Alors que j'arrivais à la réception, je manquai de me faire renverser par une Mercedes conduite par un Hollandais rouge de colère. À ses côtés, sa femme en larmes essayait vainement de calmer leurs enfants, à l'arrière, en larmes eux aussi.

J'ignorais ce qui avait pu se passer, le garagiste n'ayant pas jugé utile de me briefer totalement. La présence des gendarmes aux Naïades était aussi légitime que celle d'un furoncle sur le visage parfait de Sophie Marceau. Une hérésie. Une faute de goût. Et, quoi qu'il ait pu se passer ces jours-ci, le fait que les condés restent en place ne devait pas aider à stopper l'hémorragie des départs. Derrière le Hollandais furieux en Mercedes, d'autres voitures attendaient leur tour pour s'échapper de ce camping transformé en caserne.

À l'accueil des Naïades, une fille d'à peine vingt ans m'a pris en charge. Ses gros seins insolents étaient posés sur le comptoir, sa peau était plus bronzée qu'un carré de chocolat au lait et son accent était bourré de cigales. Elle était blonde, elle avait des yeux bleus. Avant toute chose, j'ai évidemment voulu savoir pourquoi les uniformes. Le sourire forcé du début a lentement coulé pour se transformer en grimace, une banane à l'envers, une tragédie sans les dents. Oh mon pauvre monsieur, semblait vouloir dire ce beau visage angoissé : c'est horrible.

– Un enfant s'est noyé dans la piscine.

– Ah. Et c'est tout ? Bon c'est sûr, pour les parents… Mais je ne comprends pas le départ en masse.

– Les gens sont choqués, je crois. Du coup, on a de la place…

– Vous avez encore des bungalows ?

– Oui.

– Vue sur la mer ?

– Oui.

– Un coin sans trop de voisins ?

– Oui.

– Pas d'enfants ?

– Oui. Aussi. On a tout ce que vous voulez.

– Et je ne resterai que deux jours. Trois maxi.

– Aucun problème.

Ils avaient vraiment à cœur de sauver leur saison. Cela m'allait très bien, pour ce que j'en ferais. Nous avons procédé à mon inscription, puis au paiement. Avant de me laisser partir, la fille m'a offert le carton contenant un cadeau de bienvenue : un rouleau de papier toilette, une éponge et un échantillon de liquide vaisselle.

– C'est votre kit de survie ? ai-je plaisanté.

– Tout le monde a la même chose.

– Vous devriez offrir une coupe de champagne et de la crème à bronzer.

– Je ne décide pas, vous savez.

Il manquait visiblement à Miss La Ciotat la case humour. Je suis ressorti de l'accueil et ai découvert qu'à cent mètres à la ronde, j'étais le seul pingouin, hors gendarmes, à encore porter ses habits de citadin. C'est simple, il n'y avait que des fesses et des seins, partout, on se serait cru au rayon boucherie de la passion. En revanche, le cadre me semblait correct. Il y avait, accolé à l'accueil, le bar-restaurant et son immense terrasse, qui donnait sur une non moins immense piscine olympique. Deux toboggans géants, un peu plus loin, faisaient visiblement la joie de dizaines de moutards à la voix suraiguë. La disparition de leur congénère, d'un membre de leur caste, ne les défrisait pas. Les enfants sont vraiment des bâtards, des égoïstes, leur vie continue toujours, quoi qu'il arrive, contre vents et noyade. Ils s'amusent, ils sont heureux, ils se foutent de tout, ils ne sont pas dans la vraie vie. Pour eux, c'est Disneyland partout. C'est une chance.

J'achevai mon petit tour d'inspection par la scène, juste à côté de la réception. Elle disposait de gradins de pierre et était digne d'un théâtre professionnel. Des tubes métalliques surchargés de projecteurs et d'enceintes encadraient l'estrade et promettaient des spectacles, sinon de qualité, du moins bien éclairés et sonorisés. Deux ou trois jours, m'avait prédit le garagiste. Avec un peu de chance, je n'aurais pas à subir l'une des performances artistiques de l'équipe d'animateurs.

Après avoir pris connaissance des plats à emporter déclinés sur une superbe pancarte figurant un ours polaire, je tirai derrière moi ma valise à roulettes et entrepris mon ascension. Le camping des Naïades était immense, avec ses quatre cents emplacements, et le plan que m'avait donné la jeune fille en même temps que le papier hygiénique n'allait pas être de trop. Pour commencer, j'ai traversé une sorte de quartier hollandais. Que des Mercedes avec des plaques d'immatriculation NL. Les hommes étaient grands, blonds, hautains, leurs femmes étaient comme des mannequins et leurs enfants comme des cochons de lait. Les Belges, un peu plus loin. J'avais un problème avec les Belges, et pas seulement depuis mon altercation avec Drumond. Non, là encore, j'avais remarqué quelque chose, j'avais une théorie : le Belge est fourbe. Au Luxembourg, où les Belges pullulent, ils étaient tous pareils : une très haute opinion d'eux-mêmes masquée sous une couche d'autodérision, qui fait d'ailleurs leur réputation à l'international. *Le Belge est drôle.* Mensonge. Plus loin encore, j'ai traversé le coin des Anglais. Alors là, attention, nous entrions sur les terres de Sa Majesté. Ici, c'étaient les aristocrates du camping. Des gens qui, même en short et en tongs, préservaient une élégance de plus que les autres : celle de ne pas bronzer.

Enfin, après cette petite excursion dans l'Europe des riches, j'ai intégré ma partie du camp de concentration : le coin des Français, le coin des sauvages. Les voitures étaient moins bien. Ici, on se payait des vacances grâce à son CE. Ici, on se faisait cuire des poissons panés. Ici, on était jaloux des Anglais, qui roulaient en BMW et qui commandaient des pintes au bar sans être emmerdés par leurs femmes. En revanche, le coin était superbe. Sur les hauteurs du camping, on avait une vue imprenable sur la baie de La Ciotat. Les bungalows étaient de surcroît plantés au milieu d'une végétation agréable et dense, dans le style palmiers, qui ombrageait chacune des terrasses.

Mon bungalow appartenait à un groupe de quatre, alignés face à la mer. À cette heure de la journée, en pleine après-midi, c'était désert. Très bien. J'évitais ainsi les duels du regard entre nouveaux voisins et les bonjours du bout du menton.

J'ai été plutôt soulagé en ouvrant mon bungalow. Un coin salon-kitchenette potable, deux chambres munies chacune d'un lit double, une vraie douche et des toilettes séparées. Ça irait très bien. Après avoir posé ma valise sur le lit et avoir enfilé un bermuda et un polo, je me suis installé sur la terrasse. Contemplation de la mer. Et qu'est-ce que je fous là ? Aucune réponse de Lucienne à mon SMS. Le silence. Enfin, les cigales quand même, qui font un bazar incroyable et que rien ne semble pouvoir arrêter. Et la nuit, elles font ça aussi ? La mer… Ça dure combien de temps, la contemplation, hein ? Une petite minute, présentement, après quoi mon attention a été attirée par du bruit sur la terrasse d'à côté. Le voisin. Il est totalement inutile d'en faire une description. Pour cela, il me suffit de dire qu'il était le parfait sosie d'Higgins, dans la série *Magnum*. Comme moi, il portait un bermuda beige et discret, ainsi qu'une chemise aux manches longues retroussées, signe de reconnaissance entre gens du même monde. Les pauvres achètent des chemisettes. Un point pour le voisin. J'ai eu l'impression qu'il était ici seul, qu'il n'avait en tout cas pas d'enfants à charge, bref, que je pourrais envisager de boire un verre avec lui. J'en ai eu la confirmation quand mon regard est tombé sur sa voiture, garée en contrebas. C'était une Bentley Continental GT cabriolet.

6

Bisous pa'tout

Lorsqu'on doit tuer le temps, on finit toujours par dormir, prendre l'apéro ou manger. Il était un peu plus de dix-huit heures. Donc…

Arrivé à la hauteur de la réception du camping, j'ai avisé une entrée directe sur le bar-restaurant, juste à côté de celle de la piscine. Un bout de rubalise de la gendarmerie nationale était encore accroché au grillage, côté gauche. Le triple nœud avait eu raison de la patience de celui qui avait été chargé de rendre à la scène de crime son aspect normal, et les quelque deux ou trois centimètres de ruban jaune témoignaient du drame. Bonne ambiance. J'irais toutefois volontiers faire quelques longueurs, plus tard dans la soirée, lorsque les enfants seraient en train de manger des frites et les adolescents occupés à chasser des lèvres. À en juger par le nombre de chaussures de plage abandonnées devant l'enceinte, j'estimai que le lieu n'était pas fréquentable dans l'immédiat. Une odeur pestilentielle se dégageait d'ailleurs des tongs et espadrilles de tous les grands singes qui se baignaient. Ça empestait. Les pays les plus riches d'Europe s'unissaient ici en une partouse de puanteur, des pieds allemands, des pieds français, des pieds anglais, belges, hollandais, polonais même.

Je me suis dirigé vers le bar. Une jeune blonde au sourire crispé officiait. A priori, tout le personnel du camping avait adopté cette grimace de la bouche, je te souris mais j'ai envie de pleurer. Cela pourrait devenir agaçant. Un rapide coup d'œil au bar m'apprit que la barmaid servait surtout des mojitos, dont la base menthe alcool était préparée à l'avance. Des dizaines de verres étaient mis en place, sur le comptoir, et elle n'avait plus qu'à ajouter la glace pilée et l'eau gazeuse. Un mojito, oui, pourquoi pas tiens. C'est de l'alcool de midinette, mais bon. Celui-là n'allait en tout cas pas me faire de mal, tant la proportion alcool/eau gazeuse était désavantageuse. Je me suis installé sur un tabouret, à une table haute en bout de terrasse, avec vue sur la piscine. Je ne m'étais pas trompé, à cette heure de la journée elle était pleine à craquer. Il s'agissait d'une grande piscine olympique. Au fond, deux toboggans à la pente visiblement assez raide balançaient des enfants hilares dans un bassin de réception. L'attraction principale du camping, pour les moins de quinze ans. Pour les plus grands, aucun intérêt. Les adolescents somnolaient en rôtissant sur leurs serviettes, attendant la nuit pour se tourner autour et se renifler.

J'allais boire ma première gorgée lorsque j'ai vu arriver Higgins. Comme moi cinq minutes plus tôt, il est allé directement au bar et a désigné d'un geste de dépit un des verres de pré-mojito exposés sur le comptoir. Il m'avait suivi, j'en étais persuadé. Seul, lui aussi. Bingo : il s'est tourné, son verre à la main, a fait mine de chercher quelque chose ou quelqu'un et a froncé les sourcils en me voyant, genre : On se connaît non ? J'ai levé mon verre devant moi, pour l'inviter à me rejoindre. C'était ce qu'il cherchait, de toute façon. Je crois que nous sommes voisins ? a été son entrée en matière. Quelque chose dans sa diction le rendait hautain. Excès d'arrogance que le radar intégré dans ma tête a flashé. Une courtoisie exagérée, ou disons inadaptée, mâtinée d'une espèce de phobie de la classe moyenne. Un aristo, quoi. Un gars avec du sang de navet dans les veines. Je lui ai fait mon plus beau sourire :

– Asseyez-vous.

– Je ne voudrais prendre la place de personne…

– Rassurez-vous : je suis seul. Dino ; enchanté.

– Enchanté. Je suis Charles Desservy. Seul aussi.

– Ah. Et comment est-ce qu'on atterrit seul dans ce camping quand on a une GT Continental ?

– Eh bien voyez-vous, je me pose encore la question. Pour le travail, au départ.

– Le travail en camping ?

– Je suis écrivain.

– Connu ?

– J'ai eu le prix Goncourt au tout début de ma carrière, pour mon premier roman. Ça marche plutôt bien. Je suis ici en immersion.

– Dans un camping, donc ?

– Pour tout vous dire, je vis depuis tellement longtemps de mes écrits que j'ai pris un peu de distance avec… comment dire ? Les gens.

– Les gens ?

– Oui. Ça…

En disant cela, il avait désigné le peuple de la piscine et pointé sur eux un index quasi accusateur. Un autre type m'aurait ulcéré. Lui, non. Son dédain avait quelque chose de si naturel, de si évident qu'il s'apparentait plus à une couleur de cheveux qu'à une mauvaise pensée. Voyez ? Charles Desservy était, tout simplement, sincère, ce qui avait le pouvoir de le déconnardiser. Peut-être, aussi, que les vingt années passées au Luxembourg me rendaient enclin à côtoyer ce genre de personnes. Toujours est-il que son mépris pour le bas peuple m'amusait presque, je le prenais pour un défi : retourner le gant de son esprit.

– Vous êtes ici pour vous approcher des *gens*, c'est bien cela ?

– Oui.

– Vous faites un safari, quoi.

– Exactement.

Il a ri d'un rire pincé, fluet, bourgeois. J'hallucinais sur ce personnage. Quoi qu'il en soit, il était assez causant, et je me suis rapidement fait la réflexion que la soirée allait passer plus vite que si j'étais resté seul. J'ai d'ailleurs fait signe à la serveuse de nous apporter deux autres mojitos sans demander son avis à Desservy.

C'est après la deuxième tournée que son visage m'est revenu. Comme n'importe quel Français, je l'avais vu des dizaines de fois à la télévision, au *Grand Journal* de Denisot, dans *C à vous* ou encore au journal télévisé, avec un Delahousse en face, tout miel et vaseline. Un écrivain. J'ai toujours considéré que ces types possédaient en eux deux choses totalement opposées : un narcissisme démesuré et un intérêt quasi nul. J'ai feint de ne pas le reconnaître et je lui ai laissé entendre que je n'aimais pas trop lire. Tiens, deux petits coups de canif narcissique. Encore une fois, cet ovni du camping m'était étrangement sympathique, et je n'ai fait ça que pour préserver un peu d'ascendant. C'était une façon de le faire descendre à mon niveau, voilà tout. Car au troisième mojito, il m'est apparu assez évident que nous allions passer la soirée ensemble. Il ne m'avait encore demandé ni ce que je faisais dans la vie ni d'où je venais.

Un peu avant vingt heures, la serveuse nous a orientés vers une table de la terrasse du restaurant, où nous avons rapidement consulté la carte.

– Ce sera une entrecôte sauce aux cèpes pour moi, a annoncé Charles.

– Pareil, ai-je dit en tendant la carte à la serveuse.

– Du vin ? me demanda Charles. Ils ont un rouge de Provence qui n'est pas mauvais…

J'ai acquiescé. Pourquoi pas le rouge de Provence. Autant demander à des Bourguignons de faire du Pepsi, mais bon. Nous avons toutefois tapé la bouteille, après quoi nous avons commandé des Get 31 que nous avons tranquillement bus en admirant l'équipe de cinq animateurs, deux garçons et trois filles, dont la chef, qui s'appelait Johanna, dixit Charles. Nous avions en effet, de notre table, une vue imprenable sur la scène de spectacle, où la joyeuse brochette nous a offert la danse de l'été. Ils se sont mis en ligne pour exécuter une chorégraphie sommaire sur la chanson *Gimme Hope Jo'anna*, d'Eddy Grant. Hommage poussif à leur chef ? Massacre, en tout cas, digne du meilleur bêtisier de *La Nouvelle Star*. Pour être tout à fait honnête, ils chantaient juste et, en d'autres circonstances, ils auraient certainement emporté l'enthousiasme général. Mais là, avec la mort du gamin, ils n'y étaient pas, ils semblaient beaucoup plus proches d'éclater en sanglots que de rire et cela se sentait. On les plaignait plutôt qu'autre chose de devoir continuer comme si de rien n'était. Positionnés sur la même ligne, ils se déplaçaient par petits pas chassés sur la droite, puis sur la gauche, de façon à peu près synchronisée mais pas toujours. À un moment, les deux garçons se sont même télescopés, le plus jeune des deux s'étant trompé de sens. À la fin de la chanson, toute l'équipe a scandé un « Woh-oh ! oh-oh, woo-ho ! C'est-les-Na-ïades ! » surjoué et pathétique, suivi d'un « Bisous pa'tout ! » hurlé dans le micro qu'ils se partageaient, tout en balançant un dab parfaitement synchronisé. Les familles qui traînaient par là s'agglutinaient devant cette équipe de jeunes gens fantastiques qui allaient secouer et remuer leur été. Les mamans souriaient, les enfants piaffaient d'impatience et les papas, tous les papas, les papas hollandais, les papas belges, les papas anglais et les papas martiens regardaient le décolleté et les formes idéales de Johanna, parfaitement moulées dans une combinaison blanche digne de Donna Summer. Charles Desservy n'en avait pas manqué une miette, lui non plus. C'était son premier pas vers le peuple.

– Mouais, dis-je, c'est quand même pas la grande joie. Ils ont tous le sourire pompes funèbres.

– Oui, c'est vrai. Quelle histoire…

– Bon alors, ce gamin, qu'est-ce qui lui est arrivé ?

– C'était un adolescent, dans les quinze, seize ans. Un Hollandais. Il y a un moment où ce ne sont pas les accidents qui sont bêtes, si vous voulez mon avis : ce sont les gens.

– Qu'est-ce qui s'est passé ?

– Il a joué de malchance et de bêtise. Il était saoul. Il a décidé de prendre un bain de minuit, seul, dans la piscine fermée du camping. Et au final il s'est noyé dans la pataugeoire. Dans vingt centimètres d'eau.

– Largement de quoi finir dans le top 30 des morts connes, sur Internet.

– Exactement. Il est mort dans du jus de pieds.

– Ça doit être pire que de se noyer dans le grand bassin.

– Les gendarmes pensent qu'il est tombé et qu'il s'est assommé. Il est tombé dans la pataugeoire et…

– C'est moche.

– C'est surtout très con. Remarquez, quand vous additionnez adolescent, alcool et Hollandais, c'est exactement ce que vous obtenez : très con.

– Je vous avoue que je ne les porte pas dans mon cœur. Au Luxembourg, il y en a beaucoup.

– Vous êtes luxembourgeois ?

Charles s'intéressait enfin à moi. Il avait fallu qu'il soit rond, quoi, pour découvrir, fasciné, que son interlocuteur avait lui aussi un passé, un moteur et un avenir. Quoique le mien, d'avenir, demeurait assez flou. À la grande question « Bon et vous alors, que faites-vous dans la vie ? » j'ai souri, réfléchi, et souri encore. Cette question et surtout la façon dont elle me prit de court me firent réaliser qu'après vingt années passées dans le Grand-Duché, personne ne me la posait jamais. La ville et le pays étaient petits et on me connaissait, certes. Lucienne et moi rencontrions rarement de nouvelles têtes. Soit. La vérité, c'était qu'on ne me le demandait pas parce qu'il suffisait de regarder le tableau pour comprendre : je ne faisais rien dans la vie. Macha, ma belle-mère, elle, avait la réponse. Je faisais sac à main qui bouge. Je faisais gigolo. Je faisais *madame* Courtois. En revanche, sorti du parc d'attractions du Luxembourg, la question était légitime. Mieux : elle était banale. Ce que je fais dans la vie ?

– Je vis au Luxembourg, depuis vingt ans.

– Mais vous êtes français ?

– Oui.

– Vous êtes dans la banque ?

– En quelque sorte. Ma femme… enfin, ma compagne est une riche héritière. Je l'aide comme je peux à gérer et à dépenser son argent.

– C'est un beau métier, croyez-moi. C'est aussi le mien. À la différence que, quelques mois dans l'année, je dois me consacrer à l'écriture et à la promotion. Sinon, je dépense de l'argent. J'essaie de ne pas le faire de façon trop vulgaire.

– Et la GT ?

– Vous la trouvez vulgaire ?

– La couleur, peut-être. En blanc, comme ça, je sais pas.

– Vous conduisez quoi, vous ?

– Une Mercedes C63 AMG. La Black Series…

– Comme je vous envie. J'ai hésité à la prendre, vous savez. Mais elle n'allait pas avec mon physique. En revanche, cela vous va parfaitement. Je ne l'ai pas vue, tout à l'heure…

– Vous me croirez si vous voulez, mais je suis en panne. Je partais à Saint-Tropez. Et blackout total, sur l'autoroute. La dépanneuse m'a déposé au garage juste à côté.

– Vous plaisantez ?

– Non. Je ne vous cache pas que j'espère quitter cet endroit dès que possible.

– J'imagine. C'est la providence qui vous envoie ! Vous savez quoi, en attendant que votre voiture soit réparée, je me tiens à votre disposition pour passer le temps.

– Merci. J'accepte. Et vous faites quoi pour passer vos journées ici ?

Ce fut au tour de Charles de sourire, de réfléchir, et puis de sourire encore. J'ai compris à la lueur terne de son regard qu'il s'ennuyait à mourir. Bien sûr, il était là pour bosser sur son prochain livre, mais il m'a semblé évident que nous allions nous aider mutuellement à tuer notre temps. La seule interrogation étant de savoir s'il me considérait vaguement comme son égal, ou plutôt comme un de ces *gens* dont il voulait comprendre les coutumes.

7
Nivea Talmud

Après une bonne nuit de sommeil sur le lit étonnamment confortable du bungalow, je retrouvai Charles sur sa terrasse, à dix heures du matin, comme nous en étions convenus la veille au soir en nous quittant. J'avais revêtu une tenue à la cool, composée d'un short de bain Quick Silver, d'un polo Lacoste assorti et d'une paire de Puma basses noires. Sobre. Classe. La serviette de bain jetée sur l'épaule. Ni le haut du panier ni le fond du faitout, non, juste middle class sup. Charles, en revanche, avait forcé sur le côté peuple. Chemise aux manches longues retroussées, toujours, mais petit slip Nabaiji de Decathlon et espadrilles en daim rouge André, qu'il m'avoua avoir tout de même payées soixante euros. Il avait encore un petit sac de plage bleu, en plastique transparent, au contenu suivant : une serviette de bain Quechua neuve et parfaitement pliée, de la crème solaire Nivea Sun et un roman d'Emmanuel Bove. Paré, le mec. Un professionnel de la plage.

La GT Continental est une superbe voiture. Un peu voiture de vieux, au regard de mon AMG, mais bien. Vieux bien. Le compteur et ses trois cent quarante kilomètres à l'heure affichés, le cuir, épais et confortable, le B de Bentley sur le volant, les finitions, tout est parfait. Aucun des vacanciers du camping, d'ailleurs, ne s'y est trompé. Tous ceux que nous avons dépassés ont ralenti le pas sur notre passage et ont admiré cet engin qu'ils ne pourraient jamais approcher plus près de toute leur vie. Tu touches avec les yeux, mon gars. Seule petite faute de goût, selon moi : Charles et moi. Son petit slip Decat' bleu électrique tranchait un peu sur le blanc immaculé du cuir. J'avais l'impression de pouvoir voir ses deux petits testicules rouler sur le siège, comme deux billes d'écolier. Moi, à côté ? La certitude de passer pour son mignon s'est imposée. Sans être tout à fait réactionnaire, je dois bien admettre que l'éducation reçue aux Buers n'a pas jeté les bases d'une réelle ouverture d'esprit sur l'homosexualité. J'ignorais si Charles en était – j'aurais eu tendance à penser que non –, mais ce n'était pas le problème. Ce qui me chiffonnait, c'était juste que l'on passe pour des folles. C'est stupide, oui, et pourtant la vieille France en moi, sans parler de la vieille Italie de mes origines ou encore de la virilité du quartier, tout cela montait en mayonnaise avec un goût pas extra. Un rapide coup d'œil à Charles m'apprit qu'il n'en avait, lui, absolument rien à cirer. Je crois même que l'éventualité ne lui avait pas effleuré l'esprit.

Le trajet jusqu'à Saint-Cyr-sur-Mer ne dura pas plus de cinq minutes, le temps de s'échanger quelques banalités sur le coin, que Charles me décrit comme assez classique. D'un côté des milliers de gens en vacances, de l'autre des centaines d'autochtones vivant du tourisme. Le lien, entre ces deux communautés, se résumait à des échanges d'argent et de services.

– C'est drôle, a ajouté Charles, ça a un petit côté *Koh-Lanta*. Vous voyez ? Les épreuves sont la plage, l'apéro, la sieste.

– Grosse galère, quoi.

– Oui. Il y a eux, la prod, et il y a nous, les candidats.

– Vous faites toujours ça ? Chercher la petite bête dans les trucs normaux ? Je vous agresse pas, hein, c'est une vraie question… C'est pour mettre dans vos bouquins ? Vous grattez la vraie vie ?

– J'essaie, oui.

– Vous allez pas me mettre dans le prochain, dites ?

– On verra. Voilà, on arrive…

Charles a engagé la Bentley sur un parking municipal assez rudimentaire, mais évidemment payant. Il s'agissait d'une sorte d'esplanade recouverte de gravier, sans aucun emplacement dessiné au sol et sans aucun panneau indiquant les sens de conduite, d'entrée ou de sortie. Vous payiez pour vous retrouver dans la guerre de tous contre tous du stationnement. Pas de règle, pas de civilisation, juste vous, votre volant et la place, Graal du jour. Charles a lentement tourné dans les allées, squale patient mais non moins dangereux. Efficace, en tout cas, car en moins de dix minutes il avait déniché un coin, tout au fond, entre deux arbres.

– Les gens ne viennent jamais jusqu'ici, précisa-t-il, conspirateur.

– Et la plage est loin ?

– Non. Cinq minutes, même pas.

Nous sommes sortis du parking et avons emprunté une petite rue aux trottoirs étroits. Les maisons étaient pas mal mais aucune ne semblait totalement terminée. Il y avait soit un bout de toiture à refaire, soit les fenêtres qui bâillaient, soit le terrain qui n'était pas entretenu. Bref, un laisser-aller qui contrastait avec le Luxembourg.

Passé un premier rond-point, nous avons descendu une autre ruelle qui nous a menés à l'artère principale du patelin, une rue à double sens chargée de voitures et de vacanciers. Voilà, on y était, au cœur de *Koh-Lanta*. Avec la plage des Lecques, le but de notre expédition, juste là. Pas trop de monde, à cette heure de la journée, mais suffisamment pour qu'il nous faille marcher un peu avant de trouver un coin acceptable, avec disons au moins deux mètres carrés de sable chacun. Nous avons posé nos serviettes, nous nous sommes mis en maillot de bain et nous sommes assis, prêts pour une séance de baignade-bronzage.

J'avoue n'avoir jamais su comment me comporter, comment être naturel et détendu sur une plage. On voit des gens nus toute l'année et à longueur de journée, sur nos écrans, sur les affiches, partout, mais on reste pudique, en général, dans la vraie vie. Moi le premier. Et là, d'un seul coup, tout le monde se met à poil devant tout le monde. Chacun orchestre une sorte de symphonie sablée. Sur la plage, moi, je ne sais pas me tenir. J'ignore ce qu'il faut faire, à quel moment, j'ai l'impression qu'on regarde mon bide et qu'on se fout de moi, alors je reste assis. Je serre les fesses. Je serre les yeux. Je serre tout ce qui peut être serré dans un corps humain, et je m'ennuie. Mes parents n'ont eu de l'argent que pour me payer les centres aérés à Villeurbanne. Et puis je ne travaille pas, je n'éprouve donc pas ce besoin de décompresser et de me répandre la viande sur la plage, trois semaines par an. Je sais que pour ces gens il s'agit d'un moment privilégié. Je sais que pour tous ces papas, c'est un crève-cœur de redescendre les équipements de plage à la cave, une fois rentré. Je sais tout ça, pourtant ça n'entre pas dans mon logiciel.

J'ai regardé Charles et lui ai adressé un sourire. Je n'espérais pas percer ce genre de secret avec lui. Comme moi, il était emprunté, mal à l'aise, ne sachant s'il devait rester assis ou s'allonger, sortir son bouquin ou aller piquer une tête. Mon petit Higgins… Il avait l'allure d'une gamba royale.

– Ah on va être bien là, Dino, vous allez voir.

– C'est sûr.

– C'est dommage, je n'ai pas pensé au ballon. Regardez, je crois que tout le monde en a un.

– Ah oui c'est con, on aurait pu se lancer la balle.

– Vous me charriez, là ?

– Complètement.

– Moui, je vois… Pas de ballon, alors. Dites, ça vous embêterait de me mettre de la crème dans le dos ?

Je me suis mis à genoux derrière Charles et ai commencé à étaler de la crème solaire sur ses épaules et son dos. Un peu plus loin, une femme a donné un coup de coude à son mari en nous pointant du menton. C'était officiel, nous étions deux tantes. J'ai achevé le plus vite possible de tartiner le Goncourt avant de réintégrer ma serviette, honteux.

– Vous voulez que je vous en mette, Dino ?

– Je crois que je préfère être brûlé au troisième degré. On nous prend pour des gays.

– Ah. Oui, vous avez peut-être raison. Rien de nouveau sous le soleil, en tout cas. Les gens sont d'un conservatisme. C'est drôle, récemment je parlais de cette expression, *rien de nouveau sous le soleil*, avec Jacques Attali…

– Vous le connaissez ?

– Oui, c'est un ami très proche. Il m'expliquait qu'il y avait une réponse talmudique à cette sentence populaire, qui consiste à dire que s'il n'y a rien de nouveau sous le soleil, la solution la plus simple est de changer de soleil.

– Changer de soleil ?

– Oui. Changer de paradigme, quoi.

J'ignorais si, dans le langage de Charles, cela voulait dire qu'il voulait quitter la plage. J'ai attendu encore un moment, sans qu'il réagisse, après quoi j'ai fait ce qu'il y avait de mieux à faire : me baigner.

8
La Simca 1100

Charles avait passé la fin d'après-midi à écrire, tandis que j'avais opté pour une sieste. Il aurait fallu quc j'aille courir, si j'avais été un tant soit peu sérieux. Ma moyenne était gentiment en train de sombrer dans l'alcool que j'avais éclusé la veille. Mais il fait trop chaud, à La Ciotat, au mois de juillet. Courir la journée, là-bas, revient à jouer à la roulette russe avec un pistolet à infarctus. J'aurais dû culpabiliser, après tous ces mois d'entraînement intensif et ininterrompu. Au lieu de ça, je me suis surtout aperçu que je n'en avais pas grand-chose à cirer. Pire, je réalisai que je ne sortais finalement courir au Luxembourg que pour échapper au psychodrame permanent de Macha la gueule à moitié ouverte, Lucienne aux petits soins et Chiant-Pierre en embuscade. Je ne courais pas, je fuyais. Cela dit le jogging est une drogue pour l'organisme et je ne manquerais pas de faire une crise de manque, d'ici un ou deux jours. Les Brooks étaient là, dans le bungalow, prêtes à l'emploi, et ma montre Polar était fidèle au poste de mon poignet.

Ce ne serait pas pour ce soir, en revanche. Que voulez-vous, il fallait bien que l'on s'alimente. Ainsi, à vingt heures tapantes, je retrouvai Charles sur sa terrasse. Il sortit presque aussitôt de son bungalow, à croire qu'il m'attendait derrière sa porte. Il était apprêté comme une collégienne pour sa première virée en boîte de nuit : préparé, pouponné, en grand bourgeois, enfin un type qui n'est jamais de sortie, toujours en représentation, représentation de sa classe sociale, de sa lignée. Charles me donnait l'impression de n'être jamais seul, mais accompagné en permanence de tout un monde.

Il portait une tenue différente de celle du matin, évidemment. On ne va pas à la plage et au restaurant dans les mêmes sapes. Éternelle chemise à manches longues, verte cette fois. Pantalon en toile bordeaux et mocassins en cuir à glands. Stylé, quoi. Je remarquai toutefois qu'un des glands manquait, sur la droite, ce que je lui aurais fait remarquer si nous avions été amis. Pour l'instant, j'avais affaire à un homme qui me semblait trop précieux pour accepter facilement d'être pris en faute, ne serait-ce que pour un vulgaire pompon de chaussures italiennes.

Dix minutes plus tard, nous étions installés à la même table que la veille, à la terrasse du restaurant du camping. À nouveau entrecôte et sa sauce aux cèpes, pour Charles, tandis que je tentai le burger bacon, frites maison et sauce tartare. Le vin rouge de Provence n'avait pas été si mauvais que ça, la veille, aussi en avons-nous repris.

Une fois le repas expédié et pour finir la deuxième bouteille de vin, je demandai à la serveuse des copeaux de parmesan. Nous n'étions pas trop mal, lorsque les premières notes de la chanson *Gimme Hope Jo'anna* retentirent, sur la scène. Dans la foulée, Donna Summer et ses animateurs hurlèrent en chœur dans le micro relié à leur satanée sono mobile. Woh-oh ! oh-oh, woo-ho ! C'est-les-Na-ïades ! Et vous croyez qu'ils auraient fait l'effort de chercher une version courte ? Non. Ils reprenaient la chanson en entier. Sourire figé-forcé, en sueur à cause des pas de danse, ils s'époumonaient afin de nous transmettre leur joie de vivre. Ils souriaient si fort qu'on aurait dit des grimaces.

Au milieu de la chanson, je poussai un soupir d'agacement :

– J'avais pas fait gaffe que cette chanson était si longue.

– Ne m'en parlez pas. Ils font ça toute la journée. Ils me stressent.

– Vous avez repéré des horaires ou c'est aléatoire ?

– Dix heures du matin, dix-sept heures trente et vingt et une heures.

Comment Johanna et ses sbires pouvaient-ils supporter de reprendre cette horreur trois fois par jour, chaque jour de l'été ? Aucune idée. Eux non plus, certainement. Ils s'étaient automatisés, ils chantaient cette merde comme une caissière enfile son uniforme, sans y penser, comme ça, parce que c'est le boulot, c'est juste le boulot. Mon Dieu…

Une fois la chanson terminée, la soirée ne faisait hélas que commencer. Les enfants du club se sont en effet lancés dans la soirée disco : la boum. Les tubes se mettent à défiler, les enfants à danser ou à se tordre, et on s'arrange des couples, et il y a ceux qui pleurent parce que machin ou machine, et tout ce petit monde s'organise autour de plusieurs psychodrames concentriques et répétitifs. Un ennui mortel.

– Les enfants devraient être interdits dans les campings, ai-je tranché.

– J'ai observé ces gosses ces jours-ci. Y en a un qui est au-dessus du lot, et d'ailleurs tous les autres le suivent partout. Certaines personnes sont supérieures au commun des mortels. Ça se voit déjà à cet âge-là.

– Vous savez Charles, là d'où je viens, la plupart des types qui tenaient le haut du pavé sont maintenant caristes.

Charles s'est tu. J'ignore dans quelle mesure j'avais pu le vexer. Toujours est-il que je foutais en l'air sa théorie de l'homme providentiel et que ça le chiffonnait. Je nous ai resservi du vin et j'ai ajouté, par malice :

– J'ai une amie, à Luxembourg, qui pense que les hommes sont tous les mêmes. Ils n'ont aucun intérêt et ne pensent qu'à deux choses, je cite : « En mettre plein la vue à maman, et mettre leur bite dans des orifices humides. »

– C'est la vision la plus lamentable que l'on puisse avoir de l'humanité. Et la religion ? Et l'art ?

– Des activités secondaires, histoire de nous occuper.

– Vous avez de sacrées amies, vous.

– C'est une tenancière de cabaret. Un bar à filles, vous voyez, quoi…

– Quand vous m'aurez tout dit.

– Un petit mojito, Charles ?

Accepté. Nous étions gentiment en train de devenir deux espèces d'alcooliques mondains, ou d'alcooliques de camping. Personnellement cela ne me posait pas beaucoup de problèmes et je crois que Charles, de son côté, le vivait assez bien. Nous avons abandonné notre table et avons rejoint le comptoir où la barmaid, à notre vue, a pris d'emblée deux des verres à mojito alignés sur son comptoir. Bien joué, petite. Sourire complice. Nous avons trinqué, Charles et moi, puis nous nous sommes tournés pour contempler la salle, la terrasse et la scène, au fond, où les animateurs débranchaient et rangeaient leur sono. Johanna et les autres étaient finalement des sortes de pères Noël de l'été, payés au SMIC. Ils faisaient croire aux enfants qu'ils s'amusaient vraiment ensemble et qu'ici l'argent n'avait pas cours. *Gimme Hope !*

Nous avons enchaîné les verres et nous sommes un peu livrés sur nos vies, proximité et alcool obligent. Charles vivait dans un somptueux appartement du septième arrondissement de Paris, avec terrasse et vue panoramique sur, entre autres, la tour Eiffel. Ce type possédait un cent trente mètres carrés sur le Champ-de-Mars. Quatre chambres, dont trois pour les amis, qui demeuraient vides la plupart du temps.

– Vous n'avez pas d'enfants ?

– Non. Je travaille beaucoup, je suis souvent absent. Et cela ne s'est pas fait. Je dois aussi vous avouer que je ne suis pas certain que la vie soit un cadeau à faire. Autant pour l'enfant que pour moi, du reste.

– Et vous avez quelqu'un ?

– Non. J'ai eu. J'ai été marié, dans une autre vie. J'étais très amoureux.

– Et ?

– Mon épouse est décédée, lorsque nous étions jeunes. En fait, pour répondre à toutes vos questions en une fois, je me sens veuf. Je veux dire, je n'ai jamais véritablement eu d'autre femme dans ma vie. Avec Monique, nous aurions eu des enfants, je pense. Mais voilà. La vie, quoi…

J'étais embarrassé d'avoir poussé Charles à me raconter tout cela. Ma curiosité, mon intérêt avait tourné malgré moi à l'inquisition. Mais Charles n'avait pas l'air plus ému que ça. Il m'a exposé le drame, dans ses détails les plus sordides, sans pour autant en rajouter. Détaché, un air un peu expert rendant son rapport, il m'a décrit l'accident de voiture qui avait ruiné sa vie d'homme. C'était lui qui conduisait, sur une route de campagne de leur Picardie natale. Charles a perdu le contrôle de la voiture, qui s'est crashée contre un arbre. Monique a traversé le pare-brise et a succombé à ses blessures en quelques minutes, sur le capot de leur Simca 1100. Le 11 mars 1978.

– Ça a dû être horrible, ai-je bêtement conclu.

– C'était il y a quarante ans, et la chose dont je me souviens le mieux, ce n'est pas son regard, ce n'est pas sa mort, non, c'est la radio.

– Pardon ?

– Je tenais la main de Monique, elle était en train de mourir, et à la radio on annonçait la mort de Claude François. Elle est partie le même jour que ce con de Cloclo… Je ne vous cache pas que j'ai été assez content quand Drucker a arrêté de commémorer cet anniversaire. Tous les ans, quelle torture.

– C'est dingue…

« Ça a dû être horrible », et « c'est dingue » : voilà tout ce que j'avais trouvé à dire. Super, le confident. La suite de l'histoire était presque aussi troublante. La semaine précédant l'accident, Charles avait reçu un courrier des éditions Gallimard lui annonçant que son roman avait plu et que la grande maison se proposait de le publier. À la sortie du livre, quelque six mois plus tard, l'attaché de presse de chez Gallimard avait abreuvé les journalistes de faux off, disons de off orientés, relatant l'accident et le veuvage prématuré de Charles. Et ça avait buzzé, comme on dit de nos jours. Charles était devenu une sorte de coqueluche, un intouchable, celui qui avait voué son existence à l'écriture parce que la vie lui avait été enlevée, en même temps que celle de Claude François.

Putain de Simca 1100, putain de chanteur populaire.

Aidé par le buzz, soutenu par tous les critiques de la place de Paris, invité récurrent d'*Apostrophes*, Charles connut un succès rapide et immense. Et la fiction devint peu à peu réalité : sa vie fut consacrée aux livres. Un sacerdoce. Le résultat fut en tout cas probant, puisqu'il avait obtenu le prix Goncourt en tout début de carrière et qu'il avait depuis vendu des centaines de milliers de livres. J'étais scié.

– Et vous ? Racontez-moi un peu qui vous êtes.

– Je viens de la cité, comme on dit. À Lyon. Parcours scolaire désastreux, pas d'études… classique, quoi. Pas de métier, que des boulots. Y a vingt ans je suis monté au Luxembourg pour un pseudo-business, avec un vieux pote. Ça n'a pas marché. Et j'ai rencontré Lucienne. C'est sûrement ce que j'ai fait de mieux dans la vie.

– Vous gardez un mauvais souvenir de la cité ?

– Ah non, au contraire. J'étais le plus heureux. Libre comme n'importe quel ado qui découvre tout, avec en prime des potes un peu barjots qui n'avaient aucune limite. À dix, onze ans, on avait un jeu, c'était de se courir après dans les étages de notre barre. En fait on avait un des gars qui était plus vieux et plus costaud, il nous pourchassait et quand il en trouvait un il le défonçait. Dans l'ascenseur, dans les escaliers, on avait même le droit d'aller dans les caves. On faisait des petits groupes de deux ou trois et nous aussi, on essayait de lui tomber dessus par surprise et de le fracasser. Bon, c'était des coups de poing dans les épaules, des béquilles, y avait jamais de sang. J'ai jamais autant ri.

J'ai encore raconté deux ou trois anecdotes sur mon quartier. Ce qui sidérait Charles, et ce qui faisait, je crois, l'énorme différence entre lui et moi, c'était la dureté des rapports humains, dans le quartier. L'âpreté. On se disait les choses de façon si cash, avec si peu de filtre ou de prévenance, que les gens bien élevés en étaient choqués. C'est moins raffiné que dans les rues de Paris, c'est certain. En revanche ce n'est ni plus vache ni plus violent, c'est seulement plus direct. Pour avoir côtoyé un bon paquet de grands bourgeois, à Luxembourg, je pouvais témoigner que les relations entre eux n'étaient ni plus saines ni plus apaisées que dans la cité : elles étaient seulement plus lissées. On y mettait plus de vaseline, voilà tout. À l'inverse, dans mon quartier, si on s'envoyait chier, on s'envoyait chier. Ça pouvait être violent mais ça avait le mérite d'être clair, sans équivoque, et puis comme tout le monde fonctionnait pareil il y avait assez peu de surprises. Un type comme Jamel Debbouze est la quintessence de cette façon de parler, les raccourcis de langage et d'esprit, les libertés prises avec le verbe mais surtout avec l'interlocuteur. J'ai toujours considéré Debbouze comme mon traducteur, ou mon décodeur, avant d'être mon ambassadeur.

Nous étions justement en train de parler de ces choses, Charles et moi, lorsque notre petite serveuse a cédé la place à un barman avec un badge mentionnant son prénom : Medhi. Charles a voulu plaisanter avec lui. J'allais devoir surveiller ce lait sur le feu. C'était le cas d'école, l'exemple parfait de ce que nous venions de nous dire : Charles et Medhi avaient la même langue maternelle mais absolument pas le même langage. L'écrivain a commencé par appeler le barman « M le Medhi », en référence à un vieux film. Medhi, tiraillé entre l'envie de réagir normalement et la réserve que son boulot lui imposait, n'a pas relevé. Avait-il d'ailleurs saisi l'allusion ? Il m'avait moi-même fallu un temps pour piger. C'était ambigu, on ne savait pas si c'était affectueux ou agressif, sympa ou vachard. Un jeu de mots d'aristo et vous, vous êtes le petit, vous êtes le sujet, vous ne pouvez que sourire bêtement, parce que vous n'avez pas la référence.

Charles avait un peu trop bu et il a voulu en savoir plus sur le barman. Et je te pose des questions sur tes origines, le bled de tes parents, la culture du Maghreb, la difficulté d'être français et rebeu en même temps. À l'écouter et, surtout, à voir le sourire blasé de Medhi, j'ai repensé à cette histoire du nazisme qui s'invite dans une discussion trop longue. Lucienne m'avait expliqué ça, cette théorie, celle du point de Godwin. C'est quand un interlocuteur fait une allusion ou une référence à Hitler ou à la Shoah dans une conversation dont ce n'était pas le sujet de départ. On dit qu'il a atteint le point Godwin. C'est l'échec de la discussion, qui a trop duré et dont plus rien ne sortira de pertinent. C'est le signe qu'il faut changer de sujet, voire de pote. Eh bien après le point Godwin, il y avait le point Desservy. C'est quand on parle avec un Arabe et qu'on dérive sur son arabitude. Je dirais même que le point Desservy est atteint lorsqu'on en arrive aux cornes de gazelle.

Medhi gardait son imperturbable sourire. Il ne pouvait pas répondre grand-chose, surtout que Charles était dans de bonnes dispositions. Rendez-vous compte, lui, le Français, lui, le Goncourt, il se fendait en deux pour s'ouvrir à M le Medhi, à ses problèmes et à sa culture ! Il lui faisait honneur, d'une certaine façon. J'y avais assisté cent mille fois, à cette scène coloniale. Toutes les questions de Charles, aussi sincère fût-il, revenaient à une seule : Dis, petit, t'y es content d'être français ?

Un peu avant minuit, Charles en était aux expressions françaises empruntées à la langue arabe, signe évident du mélange de nos cultures respectives. Toubib. Bled. Baraka. Macache. Zob. Devenu pointilleux sur les termes et la prononciation, il a demandé :

– Mais dites-moi, M, je n'ai jamais su. Lorsque l'on rote en fin de repas, on doit dire *hamdoulah* ou *hamdoulilah* ?

– On doit dire « pardon », en fait.

Medhi avait trouvé la bonne façon d'envoyer promener Charles, en douceur, avec humour, sans esclandre. Sur ce, il est parti vaquer à sa mise en place pour le lendemain, nous abandonnant cette fois définitivement à notre sort de relous. Je n'avais pas ouvert la bouche mais j'étais fatalement catalogué, moi aussi. Charles s'est mis à contempler les glaçons et la menthe de son verre, vexé, je pense. Il était venu ici pour se rapprocher du peuple, pour comprendre la race des pauvres, et il s'y cassait les bridges. Bonne foi et maladresse.

J'ai demandé une dernière tournée à Medhi, qui rangeait ostensiblement son comptoir. Il a refusé. Pas cool, M le Medhi. Je me sentais comme le dernier client du bar du *Titanic*. Allez vas-y, putain, on va couler là, tu t'en branles, mets-en une dernière ! Je me suis demandé s'il y avait un point Godwin du *Titanic*, quelque chose comme : si tu fais référence au *Titanic* dans une conversation qui n'a rien à voir avec les catastrophes, il est temps d'aller te coucher. Non ; je décidai que non. J'ai sorti mon portefeuille, tendu ma CB et annoncé que je payais le tout. J'ai ajouté :

– Dis donc, Isaac, tu crois que tu pourrais me vendre une bouteille de champagne à emporter ?

– Bien sûr. C'est soixante euros.

J'avais bu autant que Charles et il n'y avait aucune raison pour que je sois moins lourdingue que lui. Medhi était trop jeune pour avoir connu *La croisière s'amuse*, et ma référence lui était donc aussi obscure que celle du vieux film. Tant pis. Tant pis pour lui.

J'ai pris la bouteille de champagne, j'ai pris Charles et nous sommes remontés chez nous, histoire d'assouvir notre passion commune pour l'alcool.

Nous avons opté pour ma terrasse, cette fois. J'ai ouvert le champagne et sorti deux verres à moutarde, nous avons trinqué, bu, avant de nous perdre dans la contemplation de la vue, en silence. Sur notre droite, en plein au milieu d'une colline verdoyante, se tenait un village-vacances. Des petites résidences, dans les tons pastel. Ce soir-là, un DJ sans âme animait une soirée crevée. C'était assez loin de nous, je dirais trois ou quatre kilomètres à vol d'oiseau, mais le son se répercutait de tous les côtés et nous donnait l'impression d'être là-bas, avec les beaufs. Charles a lancé le débat :

– Vous croyez que c'est mieux en village-vacances, ou en camping, comme nous ?

– Aucune idée. C'est pareil, non ? Sauf que c'est un appartement au lieu d'un bungalow ?

– Oui. Sûrement.

Nous avons passé un petit quart d'heure à regarder bêtement ce village, au loin, et à écouter les chansons que passait DJ Blaireau. De l'ambiance prêt-à-porter, le H & M de la fête. Entre les morceaux, le type scandait des *Alleeeeeeez* à la manière des abrutis dans le public de Roland-Garros, juste quand le type en short se concentre pour servir. Faudrait les liquider, ces gars-là. Ceux de Roland-Garros. À la réflexion, si on m'en donnait les moyens, il y a pas mal de gens qui se feraient descendre. Les chanteurs, les chanteuses, les députés, les sénateurs et les journalistes… euh pardon, les rapporteurs. On ne me confierait sûrement pas un second mandat.

Charles a voulu re-trinquer, pour la deux centième fois de la soirée, après quoi il s'est laissé tomber contre le dossier de la chaise en plastique vert bouteille.

– J'ai failli partir sur un autre projet de vacances, au départ. Je m'étais renseigné sur le volontourisme.

– Le quoi ? ai-je demandé.

– Le volontourisme. Ce sont des gens qui paient pour aller aider les pauvres, quelque part dans le monde. Y a plein de pays, vous choisissez.

– Vous payez et vous allez bosser gratis ?

– Voilà. Mais attention, pour ce qui est de la bonne conscience, vous faites le plein pour toute l'année. J'avais pensé un moment aller donner des cours d'anglais à des petits Népalais, dans un orphelinat.

– Super…

– J'ai même rencontré deux étudiantes, des filles en droit, qui sont parties là-bas. Elles m'ont avoué qu'au départ, elles ont hésité entre aider des enfants au Népal ou sauver des animaux.

– Nan ?

– Je vous assure.

J'imaginais très bien quel genre de filles cela pouvait être. De bonnes intentions et de l'altruisme. Elles trouvent que l'Inde est un pays extra et le Pérou l'avenir de l'humanité. Plus tard, elles rouleront dans une voiture hybride à quarante mille euros et elles dormiront dans des draps de chanvre. Elles mangent des graines et boivent du jus de pomme artisanal diarrhéique, font des Nouvel An tofu-tisane et partent à l'autre bout du monde pour enseigner l'anglais à des animaux malades.

J'ai vidé mon verre de champagne et nous ai resservis, sans demander son avis à Charles. Quel type étrange. Il avait en permanence une sorte de sourire mi-cuit, à moitié je te souris à moitié je te prends pour un con. J'étais bien, sur cette terrasse, avec ce verre de champ'. Super bien. Nous discutions de trucs intéressants. Village-vacances ou camping ? Volontourisme ou tourista ? Bien, oui, mais infoutu de cerner le Goncourt. L'amitié, c'est juste une histoire de distance : celle qui nous sépare. Avec les gars des Buers, quand j'étais adolescent, c'est simple, c'était zéro. Zéro distance entre ce que je vivais et ce qu'ils vivaient, zéro distance entre nos niveaux de vie, la qualité de nos goûters ou la gueule de nos mères. Desservy ? J'aurais été incapable de mesurer notre distance. Le terme d'amitié était d'ailleurs une espèce d'usurpation. On confond souvent le vin avec la camaraderie.

Très vite, nous n'avons plus rien eu à nous dire. Je crois que j'étais plus proche de ma Mercedes que de Charles. Enfin, jusqu'à ce que la sonnerie de son iPhone annonce l'arrivée d'un texto. Lui :

– J'ai trouvé une solution, Dino, pour la crème solaire. Pour qu'on ne passe plus pour deux homosexuels sur la plage.

– La solution, Charles, ce sont les coups de soleil.

– J'ai beaucoup mieux, croyez-moi…

9

Nivea Footix

Le lendemain, à quatorze heures, nous arrivions sur la plage, où nous attendait la solution miracle au problème de la crème à bronzer. Myriam et Sabrina étaient deux petites beurettes de vingt ans, au corps parfait. Sabrina avait une poitrine assez forte, Myriam des seins comme deux petites poires, c'est dire si elles étaient complémentaires. Elles portaient toutes les deux un short en jean moulant, des tongs aux armes du Brésil et leur haut de maillot de bain. Ultime accessoire indispensable : Sabrina tenait le dernier-né de chez *Closer*, Myriam celui de chez *Voici*. Elles avaient ainsi entre les mains toute la France qui compte.

Sabrina et Myriam étaient deux bombasses. Deux call-girls que Charles avait dénichées. Insoupçonnable Higgins, qui avait eu l'étrange idée de payer deux putes de luxe pour nous crémer le dos, pensant, j'imagine, faire du gagnant-gagnant. Ah ça… les filles prenaient deux cents euros l'heure, chacune, pour nous tartiner les omoplates. Dans leur vie de call-girl, c'était sûrement une première. C'était un peu comme si Charles avait loué une Aston Martin pour n'en utiliser que l'allume-cigare, et les filles ont éclaté de rire lorsqu'elles ont réalisé que c'était bien ce que nous voulions. Myriam a précisé :

– Hier soir, je t'ai pas cru, dans tes SMS. On voulait quand même voir. Vous êtes un peu tarés, les deux, non ?

Lorsque nous nous sommes posés sur nos serviettes, les regards étaient différents de la fois précédente, c'est certain. Y avait plus de coups de coude discrets au mari, y avait plus personne pour nous désigner du menton et se marrer, ça non. J'ai rarement été aussi gêné de toute ma vie. J'ai clairement eu le sentiment d'être une espèce de néocolonialiste, ou maître esclave, enfin dans une position qui n'était pas la mienne. Sabrina s'est emparée de mon dos, Myriam de celui de Charles. Et je te mets de la crème, et je te masse, et je te caresse, on se serait cru dans un salon de massage thaï : un bordel, quoi. Les filles ont fait durer le plaisir et, une fois leur job terminé, elles ont décidé de rester avec nous. Elles ont enlevé leurs shorts et se sont jetées seins nus dans la mer. Deux sirènes, des sirènes avec des seins comme des balles de jonglage.

Je me suis tourné vers Charles, qui souriait benoîtement. J'ai estimé que le temps était venu de nous tutoyer.

– Tu sais, Charles, je me demande si je ne préfère pas passer pour un gros pédé.

– Pardon ?

– T'es vraiment en dehors de la réalité, mais à un point… c'est fou. C'est comme si t'allais acheter ton pain en ULM.

– Oui, je vois. Mais elles n'ont pas l'air mécontentes, si ?

– Ah ben ça doit être la passe la plus tranquille de leur carrière, c'est sûr. Et nous on passe pour deux vieux pervers. Des cochons…

Un petit quart d'heure plus tard, les filles revenaient s'asseoir vers nous. Peut-être comptaient-elles le temps, pour l'argent. Peut-être faisaient-elles les taxis de la baise, à prendre des détours ou des embouteillages pour faire tourner le compteur à fric. Peut-être aussi escomptaient-elles passer plusieurs jours avec nous et se faire du blé, beaucoup de blé. Quand un type est assez con pour vous filer deux cents euros pour lui passer de la crème dans le dos, on peut légitimement espérer qu'il vous en filera trois cents pour touiller son café… De leur point de vue de call-girls, nous étions les parfaits pigeons. Ce qu'elles ignoraient c'est que Charles, tout à sa démesure, ne les avait vraiment sollicitées que pour la crème solaire.

Sabrina s'est assise à mes côtés, elle a replié les genoux contre ses seins, les faisant ainsi quasiment doubler de volume. Elle a plongé ses mains dans le sable pour en prendre des poignées et le malaxer. J'ai eu la vision d'elle en train de faire la même chose avec des poignées de draps, après quoi elle a engagé la conversation. Et toi tu fais quoi ? Tu viens d'où ? Tout ça. J'ai expliqué le plus évasivement possible ma situation au Luxembourg, et Sabrina m'a rétorqué, du tac au tac :

– Gigolo ! C'est génial, t'as de la chance.

– Mais je…

– Ça, c'est la planque.

J'ai voulu me défendre, me défausser, arguer que je n'étais pas ce qu'elle croyait. Mais non. Elle avait dit cela de façon si spontanée, si naturelle qu'elle s'était pour ainsi dire rapprochée de moi. Nous étions du même bord, du même camp, pas comme l'autre, pas comme Charles, qui étudiait de très près un article de *Voici* avec Myriam. J'ignore pourquoi, mais la façon dont Sabrina avait formulé son « Ça, c'est la planque » avait sonné incroyablement juste. Elle avait raison. Oui, j'étais un gigolo. Et oui, c'était une sacrée planque. Quelque chose en moi s'est ouvert, pour une sorte de coming in. Ça se dit, ça ? Aucune idée. J'ai ressenti, là, sur cette plage, que ma place était au Luxembourg. C'était comme ça que le monde tournait, avec moi là-bas.

Je cherchais comment prendre congé, lorsque Charles a eu le bon goût d'expédier les filles, à sa manière. Myriam en effet, excédée, s'est tournée vers sa copine pour la prendre à témoin : « Il cst grave, lui, putain. » Oups. Embrouilles. Charles, imperturbable. Le safari qui tourne à la merde. La dispute provenait d'une interview de Lilian Thuram, dans le magazine. Ce dernier avait dit que les Noirs devraient être plus égaux et Charles avait fait remarquer que c'était très bien qu'il se soit lancé dans le foot et pas dans les maths. On ne peut pas être plus égal qu'égal. Les deux termes d'une égalité sont *égaux*, et non pas identiques, et l'un ne peut prendre l'ascendant sur l'autre. Du reste, un surplus d'égalité pris sur son égal, cela ne veut rien dire. Enfin bref, Lilian : retourne sur un terrain. Myriam avait apprécié moyen que l'on s'en prenne à l'un des défenseurs de la cause noire-arabe. Honnêtement, je me mettais à sa place : on s'en fout que Thuram se plante sur une expression, sur un bout de phrase, on comprend ce qu'il veut dire. La pauvre Myriam n'était pas au bout de ses peines. Ainsi, à peine une minute plus tard, au détour d'une page dédiée à un certain Amadou, danseur de l'émission *Danse avec les stars*, elle a affirmé qu'ils avaient ça dans le sang, les Blacks. La danse. Charles est à nouveau monté dans les tours :

– Oui. Ils ramassent super bien les poubelles, aussi.

Re-oups. Sabrina et Myriam ont dévisagé Charles comme s'il était un tueur en série. Elles avaient mal à leurs convictions.

– Comment tu peux dire des trucs comme ça ? C'est… c'est super grave. C'est raciste.

– Non, justement. C'est toi qui dis des trucs racistes, quand tu dis que les Noirs ont la danse dans le sang. Quand je dis qu'ils descendent bien les poubelles, c'est pour me foutre de ce que tu dis. C'est du second degré.

– Ben c'est vrai, qu'ils dansent bien, quand même.

– Ah bon ? Donc la danse est naturelle, c'est ça ? À l'état sauvage, on danse ? Ça fait partie de l'instinct de survie, c'est ce que tu veux dire ?

– Ben je sais pas mais…

C'était trop. Myriam s'est levée et s'est mise à parler fort, pour attirer l'attention de toute la plage. Et je te demande mon pognon, et t'as intérêt à me payer sinon j'appelle des potes, etc. Sabrina s'est penchée vers moi, elle m'a claqué une bise sur la joue et m'a glissé à l'oreille « Il est trop con, ton pote », après quoi elle s'est levée elle aussi. Charles, humilié devant le tribunal populaire des ballons de plage, a plongé la main dans son portefeuille et en a sorti quatre cents euros, qu'il a tendus à Myriam. Elle avait des airs de la géniale Alice Belaïdi, quand elle joue la fille pirate, la fille de cité, cinquante kilogrammes de pure dynamite, incontrôlable et débordant de son maillot de bain. En quittant la plage, elle nous a souhaité une bonne soirée d'enculade, bande de vieux pédés.

Sans aucun commentaire. Charles a entrepris de remplir son sac de plage.

Nous rentrions visiblement au camping.

Tout le monde nous regardait. Le temps s'est arrêté. J'ai dévisagé Charles, qui a froncé les sourcils, l'air de dire : Ben quoi ? Charles l'extraterrestre.

– Je crois que c'est une première mondiale, Chuck.

– C'est-à-dire ?

– Tu as réussi à te braquer avec une pute de luxe, que tu as payée pour ne même pas baiser.

– Elle n'avait absolument aucun second degré, si tu veux mon avis.

– Tu sais quoi, Charles ? On va se faire un super gueuleton au bungalow. C'est moi qui rince.

– Oui, pourquoi pas.

– On va pas se laisser abattre par deux putes.

– Certes.

Une heure plus tard, je poussais un Caddie dans les allées de Carrefour, Charles à mes côtés. Nous sommes allés directement au rayon des alcools : deux caisses de champagne. À la poissonnerie, nous avons pris deux bourriches d'huîtres, du saumon fumé et des noix de Saint-Jacques, que Charles se proposait de nous faire à la poêle. Je ne doutais pas une seconde de ses compétences en cuisine. Souvent, les hommes riches et distingués aiment s'acoquiner aux fourneaux. C'est très français. Dans leur esprit raffiné et perché, ils considèrent d'ailleurs que si les femmes savent faire à manger, les hommes, eux, savent cuisiner. C'est la même nuance qu'il y a entre conduire et piloter une voiture, le mode dégradé, usité par les femmes, et l'excellence, réservé à la caste supérieure.

La caissière nous a catalogués en un seul coup d'œil : deux pédales de Paris. Elle nous a instinctivement adressé le sourire consacré, sans que je comprenne comment elle avait pu nous décrypter si vite. Toujours est-il que la franche bonne humeur, adressée aux gens d'ici, avait laissé la place au sourire professionnel, réservé aux touristes. C'est en tapant mon code de CB que j'ai compris. Nous nous faisions repérer à cause du bracelet du camping, le bracelet d'accès à la piscine. Comme tous les campings en ont, avec certes chacun leur couleur, les vacanciers sont visibles de loin. J'ai eu l'impression d'être fiché, étiqueté, tatoué. Je me suis même demandé si ces bracelets ne servaient d'ailleurs pas surtout à nous marquer aux yeux des autochtones.

10

Les bourriches

Charles et moi avons gentiment entrepris de préparer notre soirée, sur sa terrasse à lui. Dans les faits, je me suis retrouvé avec le couteau à huîtres dans les mains et Charles avec une coupe de champagne. Le colon et son bougnoule. Lui les bulles, moi les doigts massacrés. Les huîtres, allez, au boulot. Ça ripe. Qu'est-ce qui a bien pu passer par la tête du premier homme à en avoir mangé ? Tiens, je vais casser ce caillou en deux, le couteau à huîtres n'existe pas encore, c'est pas grave, je veux gober le crachat au goût salé qui est dedans.

Après une grosse demi-heure de free fight, je suis enfin venu à bout des deux bourriches. Je me suis servi une coupe et j'ai trinqué avec Charles en me faisant la réflexion que nous n'avions fait que ça, durant deux jours : trinquer. Nous avons bu une gorgée et admiré, une fois encore, la superbe vue sur la baie de La Ciotat. La mer, des bateaux, et le soleil posé dessus, au fond à droite. Charles a poussé une sorte de soupir d'admiration, qui annonçait un monologue sur le paysage, mais a été stoppé dans son élan : une belle blonde d'une quarantaine d'années, en maillot de bain et T-shirt, passait dans l'allée, en contrebas. Elle tenait à la main un rouleau de papier toilette et se dirigeait vers les sanitaires. Charles l'a suivie du regard et je pouvais lire dans ses pensées le dédain, le mépris pour autant de mauvais goût.

– Canon, la meuf, dis-je, pour l'inciter à parler.

– C'est une Anglaise, ils sont un peu plus bas, en tente. Je crois qu'ils trouvent ça chic, d'être en tente. Ils ont deux ou trois enfants. En tout cas ils passent leurs soirées à faire ce que font tous les Anglais : boire des pintes et aller aux W-C.

À l'évidence, il était très déçu de son safari chez les vrais gens. Les barmans qui le prennent pour un con, les putes beurettes qui le traitent de vieux pédé sur une plage bondée, tout cela n'était pas très *Desservy*. Plus Charles nous visitait, moins il nous comprenait. Il avait vécu trop longtemps trop loin, il avait trop d'argent et pas assez de vie de tous les jours. Les basses besognes n'entraient pas dans son champ de vision. À aucun moment, par exemple, il n'avait envisagé se saisir du couteau à huîtres. J'estimai qu'il pourrait passer dix années parmi les gueux de la vie, vous, moi, nous quoi, cela n'y changerait rien. Charles avait en lui un Louis XVI accroché au marbre, qui ne lâchait rien, qui ne comprenait rien, tout le camping était en train de débarquer à la Bastille et lui s'offusquait d'une mère de famille qui déambule en public, le papier Q à la main. Dix minutes plus tard, notre jolie blonde est d'ailleurs repassée dans l'autre sens, le rouleau hygiénique beaucoup moins épais qu'à l'aller. Petite touche finale : elle avait la marque de la cuvette sous les cuisses. Charles a lentement secoué la tête, les yeux fermés. Décidément, nous n'avions pas les mêmes problèmes, lui et moi.

J'ai ouvert une autre bouteille de champagne. Je me sentais à la fois bien et étrangement triste. Le silence de Lucienne, qui n'avait toujours pas répondu à mes messages, ajouté à la façon dont Sabrina m'avait calculé, me torturait les méninges. Sous, ou plutôt sans le vernis luxembourgeois, cette fille de la rue m'avait fait une IRM sauvage et instantanée, elle avait tout vu, ma structure, mon intérieur. Une pute. Pas elle. Moi. Une pute. La pire de toutes, celle qui n'a pas de tarif. Une gamine de vingt ans m'avait fait prendre conscience, en un claquement de doigts, de la vacuité de ma vie. Le jogging était finalement la seule activité sérieuse et louable de toute, je dis bien de toute ma vie. Le reste ? Manger, boire, me vider, me reposer, attendre, accompagner Lucienne. Je l'aimais et, jusqu'à cet instant, je n'avais pas douté qu'elle m'aimait en retour. Désormais, plus rien ne me semblait évident, assuré ou stable. Et si je n'avais finalement été que l'animal de compagnie le plus sophistiqué du Grand-Duché ? « Gigolo ? Ça, c'est la planque. » Sabrina avait tout résumé, en quelques mots. À la différence près que je n'étais pas si planqué que ça, et c'était peut-être le pire. Car si Lucienne décidait de me plaquer, là, comme ça, je me retrouverais sans rien. Je n'avais ni bague au doigt, ni procuration sur rien, je serais à la rue, à la case départ, à presque cinquante ans. Sans compétences, sans avenir et, pire : sans passé.

Charles a rompu le silence.

– Toujours pas de nouvelles de ta Lucienne ?

– Elle ne répond pas à mes messages, ça m'inquiète.

– Tu ne peux pas appeler un ami, là-bas ?

– Si. Je vais voir. Et toi, tu n'as pas de femme ? Personne dans ta vie ?

– Non. J'ai eu des femmes, oui, mais jamais une seule.

– Et c'est quoi ton type ?

– Tu veux savoir ? J'aime bien… Johanna. La fille du club. L'animatrice. Ça, c'est mon type. Physiquement elle est… parfaite.

– Eh ben fonce. Invite-la à boire un verre.

– Oui, je sais pas. Non. Je ne sais pas draguer, Dino.

– Draguer ? Mais t'as pas besoin, Charles. Draguer, ça sert à des mecs comme moi pour rattraper le retard sur des mecs comme toi. T'es prix Goncourt, t'as une Bentley.

– Et tu crois vraiment que toutes les femmes sont vénales ?

– Je ne le crois pas : je le sais. Les hommes aussi, d'ailleurs. Tout le monde est vénal. T'as pas compris ça, Charles ? On est tous le gigolo de quelqu'un. Sauf toi.

Cette dernière réplique l'a laissé sans voix. Il s'est mis à cogiter et j'ai réellement eu le sentiment que je venais de lui délivrer une leçon de vie. Ça me semblait pourtant d'une telle évidence. Finalement, Charles était un peu un autiste de la vie, ou un poète à jabot, enfin un type bien décalé, bien à côté de la plaque. Malgré cela, il m'avait soufflé une idée à laquelle je n'avais pas pensé : appeler quelqu'un d'autre que Lucienne pour prendre la température.

Entre deux coupes de champagne, profitant d'une pause-pipi de Charles, j'appelai Adriano, qui était en plein boulot au Come Prima.

– Salut Adriano, c'est Dino.

– *Ciao bello, come stai ?*

– Moyen. Dis, t'aurais pas vu Lucienne ces derniers jours ? J'arrive pas à la joindre et…

– Elle est là, Dino. À la table habituelle, elle mange.

– Ah putain, génial. Passe-la-moi.

– Je sais pas si c'est une bonne idée, Dino. Faut que je te dise, elle est pas seule. Elle est avec, tu sais, le grand con qui donne à bouffer à Macha.

– Jean-Pierre ?

– Oui. Lui. Ils… ils se tiennent la main, Dino. Ils se sont aussi embrassés.

Charles, plutôt guilleret, est revenu des toilettes. J'ai coupé la communication, j'en avais entendu bien assez.

– Tu crois vraiment que je n'ai qu'à lui proposer de boire un verre ? me demanda Charles.

– Oui. Je te l'ai dit : on est tous des gigolos et des putes.

11

What the fuck

Charles et moi n'avions pas bu tant que ça. Assez, cela étant, pour vouloir nous enfiler le petit déjeuner des vainqueurs, le lendemain matin : pain au chocolat, café noir et surtout Coca-Cola. Évidemment, ni lui ni moi n'en avions dans nos petits frigos de bungalow.

Traverser le camping en plein cagnard pour aller en acheter au Viva, à côté de l'accueil, me parut une épreuve quasi indépassable. Vouée à l'échec, même. Faites le 17, je vais faire un infarctus à mi-chemin. Mais Charles l'a joué si finement que je n'ai même pas eu l'occasion de contre-attaquer. Il m'a tendu un billet de dix :

– Tiens, Dino, c'est moi qui régale.

– Super. Mais…

– Je prépare le café. À tout de suite.

Sur ce, il est rentré dans sa cuisine. J'ai hésité à lui demander les clés de sa Bentley, et puis non. J'avais, quoi, un kilomètre aller-retour. J'ai longé la rangée de bungalows et emprunté le chemin qui descendait à la réception, où je n'arriverais jamais. Au détour du premier virage, je tombai en effet sur une bonne centaine de badauds, bloqués là par un groupe de gendarmes en uniforme. Ça broutait de la sandale. Et je t'encercle les gendarmes, et je les pousse presque pour voir ce qui se passe.

J'étais aussi curieux que n'importe quel pélo et je tentai moi aussi de jeter un œil, mais je n'en oubliais pas pour autant ma mission : le Coca. Tout ce petit monde me bouchait le passage. Un peu plus loin, les voitures des pandores étaient carrément en travers du chemin. Bon. Commencent à m'emmerder ceux-là… Je regarde autour, ancienne racaille de banlieue que je suis, je cherche à esquiver, et je trouve. Là, sur la gauche, à une vingtaine de mètres, les sanitaires. Personne. Les gendarmes sont trop occupés à canaliser la vague de gens qui veulent à tout prix voir ce qui se passe – tiens qu'est-ce qui se passe, d'ailleurs ? Petite fenêtre de tir, je fonce. Je passe derrière une rangée de thuyas et trace jusqu'à l'entrée des chiottes. J'ai repéré qu'une sortie, à l'arrière, donne sur un autre chemin et donc sur la liberté. Je passe devant les douches, rapide, discret, furtif, je tourne au coin des lavabos et vais pour sortir lorsque je tombe nez à nez avec un type en blouse blanche, calot, masque de chirurgien et sur-chaussons de protection. Merde… Derrière ce type, d'autres, habillés de la même façon, s'activent. Et ça ramasse des prélèvements, et ça relève des empreintes, et ça conjecture, et d'un coup ça me voit et ça me saute sur le paletot pour me virer de là.

J'ai eu toutes les peines du monde à faire admettre aux gendarmes que je n'étais qu'un abruti qui se croyait plus malin que les autres en voulant traverser par les sanitaires. Ils étaient sceptiques, ce que je concevais parfaitement. Mon passage, quoique très court, dans les chiottes, m'avait bien renseigné sur la raison de leur présence : une femme se tenait à genoux devant un W-C, les mains encore sur le rebord de la cuvette, la tête enfoncée dans le trou. Morte, à l'évidence. Je l'avais reconnue à ses habits : ceux de l'Anglaise. Celle qui aimait traverser le camping un rouleau de papier Q à la main, puis le retraverser dans l'autre sens avec la marque de la cuvette sur l'arrière des cuisses. Celle qui, selon Charles, passait son temps à boire des pintes de bière avec son mari. Celle qui avait deux ou trois enfants.

J'essayai d'imaginer ce qui avait pu arriver. Peut-on se noyer dans le fond de la cuvette en vomissant ? Ça existe, de boire autant ? Chez les Anglais, peut-être.

J'étais choqué.

Les gendarmes ont fini par me jeter. Je suis retourné illico au bungalow annoncer l'incroyable nouvelle à Charles, qui en est tombé assis sur une chaise.

– Mais quelle horreur !

– Ouais : dans la cuvette.

– Mais c'est quoi, ce camping où les gens meurent ?

Dans une telle situation, Goncourt ou pas Goncourt, c'est pareil. On veut voir. Charles a éteint la cafetière, il a enfilé ses mocassins et a lancé un « On y va » autoritaire et solennel. Je ne discutai même pas. Voir. Passer le corps. Les mecs en tenue. La gravité sur les visages des enquêteurs. Avec un peu de chance, l'un d'eux va secouer lentement la tête de gauche à droite, avec une moue qui dit « La pauvre ». Genre, on n'a jamais vu ça ici. Oh oui on va voir, nous mêler à tous les spécialistes du crime que sont les touristes, spécialistes en canapé, spécialistes en Netflix. Il y aura bien une tronche de cake pour nous expliquer pourquoi les types font telle ou telle chose, un type qui saurait tout aussi bien nous expliquer les différentes stratégies des équipes si nous étions devant le Tour de France.

Cela n'a pas manqué. Il y avait un Parisien, dans le tas, qui savait déjà tout. C'était lui qui menait l'enquête off, planté devant la meute des OPJ amateurs. Envoyé spécial de Bungalow-TV. Il décrivait les actions menées par les pro, là, juste devant nous, sans oublier de nous offrir ses théories, ravalant rapidement le conditionnel pour nous servir de l'affirmatif, du cent pour cent, bref : du CNews.

Sa sentence est tombée : On l'a tuée.

Je me suis bien gardé de le dire, mais d'après moi, il avait raison. J'avais vu et photographié la scène, moi. Elle me trottait dans la tête, la scène. L'Anglaise à genoux devant la cuvette, la tête enfoncée dans le trou, le T-shirt légèrement relevé qui dévoilait un pli de poignée d'amour. Sa peau si blanche. Je m'étais demandé si elle était aussi pâle parce qu'elle était morte ou parce qu'elle était britannique. On se pose de ces questions…

Vingt minutes de ce spectacle m'ont plus que lassé. Le Parisien lui-même ne trouvait plus rien à dire, il avait cessé de commenter les allées et venues. Tout le monde attendait la levée du corps, qui prendrait à l'évidence encore des heures. Je me suis tourné vers Charles et ai soupiré, pour dire « Eh oh, c'est bon, on bouge ». Et là, stupeur, il avait les larmes aux yeux. Nos regards se sont croisés, je lui ai empoigné le coude et l'ai ramené au bungalow, où je nous ai servi des mugs de café noir. J'ai trouvé un reste de Pépito chocolat noir, dans un de ses placards, pour un petit déjeuner en mode dégradé qui nous suffirait largement.

– Ça va ? demandai-je.

– J'ai pesté sur cette femme hier soir, quand elle est passée…

– Oui je me souviens, la marque de cuvette.

– Ses enfants… mon Dieu, ses enfants…

– Du calme, Charles. C'est horrible, c'est sûr, mais t'y es pour rien.

– Je sais. C'est tellement étrange de *perdre* quelqu'un qu'on ne connaît pas mais qu'on a croisé plusieurs fois. C'est rare, aussi. En général, ceux qu'on ne connaît que de vue, on ne sait jamais quand ils meurent.

– Oui.

Charles a disserté le reste de la matinée sur le thème, variant les approches et les conclusions, mais avec la même émotion. Il était sincèrement troublé et je me suis demandé si ce n'était pas ça, être écrivain. Un type un peu plus sensible, un peu plus à fleur de peau que tous les autres. Une sorte de femmelette qui réfléchit. Un peu avant quatorze heures, enfin, les gendarmes avaient débarrassé les lieux et la morte. Nous avons pu descendre à l'accueil, manger un morceau au bar et assister, par les baies vitrées, au départ précipité de dizaines de famille. À l'évidence, c'était la mort de trop, c'était la fin de la saison et, peut-être, la fin de ce camping. Et, alors que nous buvions notre petit expresso en silence, j'ai reçu un SMS du garagiste annonçant que ma voiture serait prête le lendemain matin.

– Charles, tu te souviens qu'on a acheté des noix de Saint-Jacques ?

– Oui, bien sûr.

– Et qu'il nous reste beaucoup de champagne ?

– Oui.

– On va se faire une soirée d'adieu ce soir : ma bagnole est prête demain matin.

– Ah. Super. Enfin, pour toi…

12

Plus près de toi Seigneur

Charles et moi avons mangé les noix de Saint-Jacques et surtout bu du champagne jusqu'à presque deux heures du matin. Une cuite pas hyper fun, puisque la conversation ne tournait qu'autour de notre pauvre Anglaise noyée dans son vomi. Mais cela ne m'a pas empêché, donc, de boire comme un trou. Je me suis couché ivre mort.

Le réveil brutal qui suivit, à huit heures le lendemain matin, releva pour moi du terrorisme le plus violent qui soit : une musique low cost plein pot retentit, là, juste devant mon bungalow. Je parle d'un rap en fin de vie craché par une enceinte poussive. Un rythme primaire, poum-tchac, poum-tchac, poum-tchac, avec par-dessus la logorrhée dépressive d'un poney autiste. Le flow de Nana Mouskouri et des textes d'enfant sur une musique de machine à laver. Une production Electrolux.

Malgré la barre d'uranium en fusion sous mon crâne, j'ai pu me traîner jusque sur la terrasse. Charles était déjà installé sur la sienne, douché, rasé, sapé. Chemise à manches longues, évidemment. Bermuda et mocassins. Il a tourné la tête vers moi et m'a fait un sourire triste. J'ai eu le temps de me dire que sa fine moustache était si parfaitement fine-moustachée qu'il devait y passer un temps fou, le matin, et puis j'ai porté mon regard sur la cause de notre réveil prématuré. Juste devant le bungalow de Charles s'activait une famille de… de difficile à dire.

Le type, dans la trentaine, avait un regard bovin. Les trois femmes qui l'accompagnaient, une vieille, une jeune et une enfant, l'allant d'aubergines grillées. Lui, torse nu, la cigarette qui pend, était en train de planter les dernières sardines d'une tente Quechua quatre places. Sa compagne, vingt-cinq ans maximum, blonde, mignonne, attendait sur une chaise de camping, la clope au bec, elle aussi. Leur fille, trois ou quatre ans, assise dans l'herbe, avait le regard perdu. Peut-être essayait-elle de saisir le sens profond des paroles de la chanson, qui provenait des enceintes d'un Renault Scenic première génération à la peinture délavée et aux plaques minéralogiques belges. C'étaient des Liégeois. La mère du jeune homme, à en juger par leur regard identique, attendait à l'arrière de la voiture. Elle portait une robe d'été aussi bien coupée qu'un sac-poubelle trois cents litres et avait les cheveux mi-longs, mi-moquette bon marché. Elle était si grosse qu'elle semblait occuper tout l'habitacle de la voiture, comme dans un vieux dessin animé.

La famille avait un point commun : les tatouages. Ils évoluaient en portant sur eux les autocollants de frigo de leurs convictions, des messages si obscurs qu'ils devaient certainement passer des heures à expliquer le sens des Post-it qu'ils se trimballaient. Genre leur prénom traduit en dialecte inca. Et comment on dit Kevin en maya, hein ? Et Cindy, en aztèque ? J'imaginais qu'ils devaient aussi avoir des slogans quelque part, sur un quelconque tibia, sur un bout de fesse. Un cri de ralliement de la contre-culture d'il y a trente ans. D'où j'étais, je pouvais reconnaître, sur l'épaule de la mère, une mésange. Enfin ce qui avait dû être une mésange, à l'époque, ressemblait maintenant davantage à un chapon. Un piercing à l'arcade sourcilière de la mère achevait le tableau. Elle avait dû faire des centaines de rave parties, étant jeune, alternant les ecstas, les LSD et tout de même un peu de coke, histoire de tenir le coup.

Je me suis demandé si la petite fille avait, elle aussi, des tatouages. « Gru mon amour » ? « Raiponce for ever » ? « Nique Walt Disney » ? Possible. Elle était mignonne, cela dit. Pas forcément tombée dans la bonne famille, au grand Loto de la vie.

Charles assistait au spectacle sans dire un mot. Il avait la mâchoire un peu basse, à l'image d'un étudiant en anthropologie qui, pour la première fois, verrait en vrai des spécimens étudiés depuis des années dans les livres des autres. Il n'en croyait pas ses sens. Dans les quelques bungalows alentour, les gens civilisés nous avaient imités. Sortis sur leur terrasse, le café à la main et l'agacement sur le visage, à la fois fascinés et effrayés par cette peinture d'Edward Hopper version Leader Price.

Lorsqu'il a eu planté la dernière sardine de la tente quatre places, le Belge en a sorti une plus petite, une deux-secondes Quechua, qu'il a lancée en l'air et qui s'est dépliée toute seule. Il a ensuite coupé le contact de la voiture et, de fait, la musique. Aucune cigale n'a osé rouvrir son claquet. Le monde entier s'est retrouvé en suspens, autour du trou de ver qu'était cette famille. Le type s'est assis sur une chaise de camping, a rallumé une clope, après quoi il a sorti de nulle part une petite enceinte portative Bose couplée à son téléphone, et il a remis sa purée, plein pot. Qui chantait ? Je l'ignore. Un mix entre Jul et Soprano, enfin un type qui s'est lancé dans le rap parce qu'il a raté son CAP de carreleur. C'était bien la peine de nous envoyer Jacques Brel et Julos Beaucarne pour venir chercher en France ce que nous avions de pire.

Le Liégeois a fini par remarquer notre présence, à Charles et moi. Il nous a salués avec un grand sourire sincère. Mon Dieu, c'était pire que ce que j'avais craint : il était sympathique. La mère-mésange nous a elle aussi salués en opinant du chef, doucement. La bru, enfin, sa fille sur une cuisse, qui avait allumé une cigarette au cul de la précédente, nous a salués de la frange. Charles a bêtement levé la main devant lui. Une vraie reine d'Angleterre. Ses vacances prenaient à l'évidence une nouvelle tournure. Quant à moi, je décidai qu'il était grand temps d'aller récupérer ma voiture et, si possible, ma vie d'avant.

Alors que je sortais du camping, je consultai une fois encore mon portable : rien. Pas de message. Lucienne m'ignorait avec un brio, avec un dédain plein de panache. Et dire que je m'étais inquiété pour elle. Adriano m'avait dit que Chiant-Pierre lui tenait la main. Était-ce possible ? Ma Lucienne en midinette ? Ma Lucienne qui me shoote en quelques jours seulement pour un plus jeune, pour un plus neuf ? Ah ils étaient entre eux maintenant, entre Luxembourgeois. Macha devait jubiler dans la prison de son corps.

Que faire ?

Rien, dans un premier temps. Il fallait que j'aille à Saint-Tropez, comme si de rien n'était, il fallait que je suive les directives du flic à la cravate texane et aux narines en avant, Daniel Schwartz. Lorsque la passion se trouble, seule l'absence peut changer la donne. Les amants éconduits ont tort de venir chanter sous les balcons : et je te laisse des quarts d'heure entiers de messages enflammés sur le portable, et je te textote mon cœur à longueur de journée. Faute. Rien de tel pour définitivement gonfler l'être aimé. Quand l'heure des comptes a sonné, il faut justement disparaître, laisser l'autre avec sa calculette amoureuse et lui manquer, si c'est encore possible. Voilà l'unique salut : attendre et prier pour que la soustraction ne soit pas trop lourde.

En arrivant devant le garage, surprise : deux gendarmes étaient en train de tendre de la rubalise jaune, barrant l'accès à l'atelier. Plusieurs autres condés en uniforme s'activaient, tandis que deux enquêteurs, en civil, faisaient visiblement le point, assis sur le capot d'une Peugeot 308. Le plus jeune des deux, aussi prompt qu'un témoin de Jéhovah, me sauta dessus. Grand et costaud, trente ans à peine, guère de cheveux et des yeux qui pétillaient. Pantalon type treillis de couleur beige clair sur des Pataugas noir, maillot de corps blanc au col en V, et une vraie allure de sportif, confirmée par la présence à son poignet gauche d'une montre Polar. La première chose qui m'est venue à l'esprit, c'était que j'aurais du mal à récupérer mon AMG ce matin. Je ne croyais pas si bien penser.

J'expliquai ce que je venais faire là. Et, quand le jeune pandore découvrit le modèle de ma voiture, son visage s'est illuminé de l'intérieur, comme celui d'un enfant. C'était un fou de voiture. Ainsi, avant d'apprendre quoi que ce soit sur leur présence ici, j'ai dû, moi, me mettre à table, et lui réciter la fiche technique de mon bolide. 517 chevaux, 8 cylindres en V, 32 soupapes, propulsion, boîte 7 rapports en mode séquentiel. De 0 à 100 kilomètres/heure en 4 secondes. 131 000 euros. Des questions ? Je pense que l'enquêteur m'aurait autorisé à faire un tour de sa femme si je lui avais proposé d'essayer ma voiture en échange.

Après cinq bonnes minutes *Auto Plus*, mon nouvel ami m'a enfin révélé la raison de cette effervescence : le garagiste était mort, pendu au pont élévateur, dans son garage. Le gendarme a précisé qu'il y avait encore sur le pont la dernière voiture sur laquelle il avait travaillé, une Aygo. Il a ajouté :

– C'est moche, de finir sa carrière sur une Hyundai.

– C'est sûr.

– Si ça se trouve il a fait la vôtre et juste après celle-là. De voir le moteur il a décidé de mettre fin à ses jours.

Grand sourire. Il déconnait. En l'observant de plus près, j'ai vu qu'une réelle sympathie se dégageait de son expression. Il y a des gens, ils n'y peuvent rien, ça sort de leurs yeux, ça coule de leurs traits, ils sont sympathiques, ils sont avenants. Du coup sa blague un peu limite sur la fin du garagiste passait très bien. Il faut dire aussi que je me foutais comme de ma première chemise à manches longues du défunt. Je ne voyais d'ailleurs dans sa mort qu'un contretemps.

– Et il se passe quoi alors, pour ma voiture ?

– Le procureur a ordonné la saisie provisoire du garage et des véhicules. C'est la procédure.

– Jusqu'à quand ?

– Jusqu'à l'autopsie. Quelques jours, une semaine maxi.

– Nan, arrêtez, vous déconnez ?

L'administratif, cette fois. Le garage tout entier étant sous scellés, nous avons dû faire ça sur le capot de la 308. J'ai expliqué rapidement ma situation, la panne sur l'autoroute, l'assurance, la dépanneuse, le camping des Naïades. J'ignorais si c'était pertinent ou non, mais je précisai que le garagiste avait l'air un peu surmené, puis je déclinai mes nom, prénom, adresse, numéro de portable et date de naissance. Il a pris ma carte d'identité en photo avec son Samsung et m'a annoncé la suite des événements : le légiste allait procéder à l'autopsie et conclure à un suicide, car c'en était un. Le procureur lèverait alors la saisie du garage et je pourrais récupérer la Mercedes.

– Vous me préviendrez ? ai-je voulu savoir.

– Oui. J'ai votre portable. Je vous téléphone dès que c'est réglé.

– J'imagine qu'il n'y a rien que je puisse faire pour accélérer les choses ?

– Non. Dites, j'ai juste une question… Vous faites combien, au mille ? J'ai vu que vous aviez une Polar…

– Quatre minutes trente.

– Ah quand même. Pas mal. Moi je tourne à quatre quarante. J'essaie de faire trois sorties par semaine, mais avec le boulot, les gosses, c'est pas facile. Vous avez eu le temps de courir, ici ?

– Non. Initialement je pensais repartir au bout de deux jours…

– Si vous y allez, faites la route des Crêtes. Vous allez voir, c'est le top. Faites-vous emmener là-bas, c'est le paradis du joggeur.

– Je vous avoue que je préférerais avoir vite ma voiture… La route des quoi, vous avez dit ?

– Tenez, je vous file mon portable. Appelez-moi si vous y allez, je vous expliquerai. Moi, c'est Florian.

Et je suis remonté jusqu'au bungalow, un rien dépité. Quel connard, ce garagiste. Normalement ces mecs-là ne se suicident pas, ils n'ont pas le temps, ils sont trop occupés à percer les radiateurs ou à scier les directions en douce pour pouvoir les réparer et les facturer par la suite. Merde, quoi, j'étais tombé sur le seul garagiste à ne pas avoir un carburateur à la place du cœur.

Arrivé à une centaine de mètres du bungalow, j'entendais déjà la musique du Belge tatoué. Poum-tchac. Sale journée. C'est le moment qu'a choisi mon estomac pour me rappeler que nous avions un peu trop tisé, la veille. Poum-tchac. Je ne vais tout de même pas vomir dans un buisson ! Poum-tchac. J'accélère. Lucienne me manque. Luxembourg me manque. Poum-tchac. Je passe devant le bungalow de Charles, qui n'a pas bougé. Dépité, il observe toujours la famille de primates liégeois évoluer. Poum-tchac. Poum-Charles. J'ai juste le temps de foncer à l'intérieur de mon bungalow et de m'agenouiller devant les W-C, pour une prière à l'haleine plus que douteuse.

14
France Culture

La journée a été assez étrange. Pour commencer, les excès de la veille m'ont incité à ne pas faire grand-chose. Dire que j'avais le ventre barbouillé serait un euphémisme. Mon ventre était une sorte de brouillon de ventre, un magma, l'univers dans les premières secondes qui ont succédé au big bang. J'avais déjà vomi pourtant, le matin, mais cela n'avait pas suffi à expurger les kilogrammes d'huîtres et les litres de champagne. J'estimai qu'une bonne vingtaine de ces mollusques étaient encore dans mon estomac, à pogoter, à se jeter contre les parois, juste pour m'emmerder. Quant au champagne, je n'en parle même pas. Des litres, qu'il me restait, et ça me fermentait du dedans, et ça me bullait la tête, une vraie réaction nucléaire.

Me mouvoir relevait de l'exploit et rester allongé me vrillait le ventre, si bien que j'alternais les coucheries, un coup dans le grand lit, un coup sur le transat de ma terrasse, sans jamais trouver de position satisfaisante. Charles, bonne âme, avait cette fois accepté d'aller pour moi à la supérette Viva du camping pour acheter le seul remède à mon mal : le fameux Coca-Cola. Ainsi, jusqu'au début d'après-midi, je n'ai absolument rien fait de plus que me traîner du lit à la terrasse, de la terrasse aux W-C et des W-C au lit. À somnoler. À faire des sortes de cauchemars éveillés. À ressasser, évidemment, cette histoire de Chiant-Pierre qui tient la main de Lucienne au Come Prima. À me dire que mais pourquoi nom de Dieu je n'ai pas eu une femme, des enfants et un boulot chez Alstom ou Renault Trucks ? Et pourquoi je n'ai pas fait des études, tiens ? Pour devenir, je sais pas moi, médecin ? Tout le monde peut le faire, médecin, c'est qu'un boucher avec beaucoup de mémoire, un médecin.

Une chose est sûre, j'ai voulu fuir les barres de HLM et l'avenir qui m'y attendait : un CAP de plombier-chauffagiste. Tu rentres chez un artisan avec des mains comme des pattes d'ours, il t'apprend le métier et il t'apprend le black, tu passes tes week-ends à bosser pas déclaré pour un pactole de braise, et puis un jour y a cette fille qui t'aime bien, elle te prend la main et ne la lâche plus, et je t'aime Ikea, et je t'aime Cofidis, et je t'aime va falloir bouger ton boule mon grand parce que ce loyer, là, il est pour toi, toi qui commences un peu à mettre le nez dans les demis et à rentrer tard, tard, je t'aime ce week-end on monte le dressing tu fais pas venir tes potes, je t'aime Papa dit qu'on devrait repeindre le salon, je t'aime tu penseras à la révision, je t'aime tu pourrais ranger un peu toi aussi, toi qui avec le temps n'as plus beaucoup de scrupule à ne faire absolument rien d'autre que piloter le canapé, toi qui ne parles plus mais qui bougonnes, toi qui commences à faire l'amour comme les types que tu vois sur Jacquie et Michel… je t'aime Clear Blue et tu as peur des enfants parce que le confort, ce sera plus pareil, je t'aime tu me touches plus, je t'aime accouchement, je t'aime on fait un deuxième, je t'aime tu vas voir ailleurs avec des filles du bistrot ou même avec la femme d'un pote, je t'aime putain t'as pas fait la révision de la bagnole, c'est toi la bagnole t'as que ça à penser, je t'aime la petite voudrait un chat qu'est-ce que t'en penses, je t'aime l'école a appelé, je t'aime tu repeins le salon en traînant des pieds et des pinceaux, je t'aime et toi tu t'ennuies sans être foutu de dire ce que tu voudrais, ce qui te manque, ce que je fais de mal, je t'aime les hommes ne sont pas faits pour la vie ils sont faits pour la télévision et pour la Ligue des champions, je t'aime arrête de faire la gueule, je t'aime on n'est pas bien là, hein ? Et puis un jour je ne t'aime plus parce que tu es invivable, aigri, et pas intéressant, mec, pas intéressant... je ne t'aime plus et je te divorce, je te prestation compensatoire. Voilà, voilà ce que j'avais fui.

Mais rien de tout cela, avec Lucienne.

Lucienne...

Le spectacle de la famille de Belges tatoués parachevа de rendre cette journée étrange. Poum-tchac. Poum-tchac. Poum-tchac. Comment son cerveau malade avait-il pu décréter une seule seconde que son rap prémâché pourrait plaire à tous ses voisins de camping ? Comment ne pouvait-il pas voir que Charles, par exemple, était sidéré et choqué qu'on lui impose un tel merdier ? Étonnamment, Charles restait là, à zoner entre sa terrasse et la mienne. Mais si son regard avait été une arme, la famille de Belges aurait été massacrée à de nombreuses reprises.

Il avait fallu attendre quinze heures pour qu'enfin la musique s'arrête. Je dormais à moitié et c'est le silence soudain qui m'a réveillé. J'ouvre un œil, je regarde mon Belge, qui a pris sa gamine dans les bras et qui l'emmène dans la tente maison mère, pour la sieste, à en juger par le doudou et la sucette. Bien. Très bien.

Le sommeil de l'enfant va nous offrir un moment de répit, durant lequel je vais pouvoir moi aussi dormir et Charles, j'imagine, lire ou écrire. Les parents et la grand-mère se font un café lyophilisé, s'installent à leur table de camping et discutent à voix basse, certainement de la première partie de journée passionnante qu'ils viennent de passer. Je ferme les yeux, heureux d'être enfin au calme, lorsque le son d'une radio surgit quelque part, plein pot. Et attention, pas n'importe quelle radio, mais France Culture. Et attention, pas n'importe quelle émission, mais la messe du dimanche matin. Un podcast. Très fort, le podcast.

C'était Charles, évidemment. Fier comme un paon, il avait posé une petite enceinte sur sa table en plastique, il buvait un café et écoutait la messe. Il jouait pas mal le rôle du type absorbé, dont toute l'attention était sollicitée. Lorsque notre ami belge s'est présenté devant lui, plein d'assurance, pour lui demander de baisser le son, Charles n'a même pas daigné le regarder. Il s'est contenté de monter le volume. La petite fille s'est mise à chouiner, la guerre était déclarée.

J'aurais ri, si je n'avais été aussi mal en point. Une chose était sûre, il ne fallait pas emmerder Charles. Ce qu'il n'avait pas prévu, en revanche, c'était la capacité de nuisance de l'australopithèque liégeois, qui a remis sa musique, deux fois plus fort. Punition. La sieste de sa fille serait pour une autre fois. Charles avait eu la meilleure fausse bonne idée de cette journée. À un peu plus de dix-huit heures, bénéficiant d'un regain d'énergie, je me suis levé du transat, j'ai enfilé mes baskets et j'ai proposé à Charles d'aller boire un Coca au bar du camping. Il a évidemment accepté.

15

Le panache

Il était à peine sept heures. Ça a commencé par des cris, d'abord de stupeur, de sidération, puis de rage. J'ai assez rapidement compris qu'il s'agissait du jeune Belge, hors de lui. Il avait une aptitude à emmerder son monde celui-là, qui tenait du génie. Il y a des gens, comme ça, qui rayonnent de venin, ils ont une aura fabriquée en merde, ils ruissellent, ils transpirent, ils se vident et ils parasitent. *Homo sapiens belgicus* était de ceux-là. Une usine à nuisance. Le ton ne cessait de monter, la jeune femme s'y était mise aussi, à faire des « Oh non c'est pas vrai », tandis que la gamine commençait à pleurnicher. Est-ce que la vieille était morte, rattrapée par une overdose tardive ? L'agacement et la curiosité ayant eu raison de ma patience, j'ai enfilé un bermuda, un polo Lacoste et je suis sorti sur ma terrasse, pour constater les dégâts.

Leur tente avait été littéralement lacérée de coups de couteau, et chacune des cordelettes qui rattachaient la toile aux sardines soigneusement coupée. Une tente à franges, devenue inutilisable. Je dois avouer que j'ai souri, intérieurement. Je suis retourné dans le bungalow pour faire couler un café et, voyeur, continuer mon observation depuis la meurtrière qu'était la petite fenêtre au-dessus de l'évier. La personne qui avait procédé au découpage avait été d'une rigueur sans faille. Chacun des lambeaux de toile de tente semblait faire la même largeur, à croire que Buren lui-même était venu dans la nuit pour nous refaire le coup des colonnes.

Je me suis servi un mug de café et me suis posé sur un transat, dehors. Les occupants des trois autres bungalows, Charles compris, avaient fait de même. Et ça souriait. Et ça se disait que, Ah tiens, y en a un qui a eu une sacrée idée et les couilles de le faire. Le Belge, tout à sa fureur, explosait. Il prenait à témoin ses femmes, chacune à leur tour, même la gosse. Et regarde-moi ça, ce qu'ils ont fait, ces pourritures ! Il avait la bouche pleine de *ils*, de *eux*, les autres, les salauds. Il est vrai que la situation avait un petit quelque chose de collaborationniste. Les sourires amusés, sur les terrasses, et cette famille dans la tourmente, acculée, avec leur vieux Scenic comme unique refuge. Pourtant, je n'arrivais pas à les plaindre. J'étais du bon côté du monde.

Charles a choisi ce moment pour remettre une messe de France Culture sur son téléphone, le volume de son enceinte au maximum. La synchronisation était telle que le message était limpide. Tous ceux qui assistaient à la scène en ont déduit la même chose : c'est lui. La grande classe, le héros dans toute sa splendeur, qui accomplit une action d'éclat sans se soucier des conséquences pour lui : la mort ! C'est en tout cas ce que j'ai craint, lorsque le Belge a traversé son emplacement et bondi sur la terrasse de Charles, furieux et prêt à en découdre. « C'est toi, ça, hein, hurlait-il, c'est toi qui as fait la merde, là ! » Charles est resté imperturbable. Son indolence lui donnait des airs de détachement total, à la Dean Martin. Le faciès aussi neutre que celui de Kim Jong-un, Charles ne laissait transparaître aucune émotion. Néanmoins personne n'était dupe : c'était bien lui, l'homme aux ciseaux. Le vengeur. Vu l'état de la tente, il avait dû mettre des heures, de nuit, à découper soigneusement, lentement, sûrement, alors que la petite famille dormait.

– C'est toi, ça ! insista l'autre.

Puis Charles s'est levé, le plus calmement du monde. Il a planté son regard dans celui du jeune Belge et il lui a dit, articulant parfaitement chacune des syllabes :

– Va te faire enculer, fils de pute.

En à peine quarante-huit heures, Charles avait déjà trop traîné avec moi. Quel mimétisme…

16

Johanna

Charles avait un coton ensanglanté qui lui sortait de chaque narine. Nous avions trouvé refuge, et surtout assistance médicale, au bar du camping, auprès de M le Medhi qui, je crois, s'est beaucoup amusé de ce qui arrivait à Charles.

Je n'avais eu ni le temps ni l'envie d'intervenir pour défendre Charles. L'une des raisons était d'ailleurs que son action avait été trop éclatante. Venir à son secours aurait cassé sa superbe. Je devais laisser le héros aller jusqu'au bout de la confrontation, du duel, et finalement de la déculottée. « Va te faire enculer, fils de pute. » Quel panache. Charles avait parfaitement sorti cette sanction, cette phrase choc censée arrêter les montagnes et effrayer les dragons. Il y avait mis l'énergie, le rythme, il avait placé les accents toniques exactement où il le fallait, à savoir sur les deux « u », celui d'enc*u*lé et celui de fils de p*u*te. Un modèle du genre. Autre modèle du genre, ç'avait été les deux claques de cow-boy que le Belge lui avait assenées. Difficile de rester digne, quand on en prend deux comme celles-là, en public. Je pense d'ailleurs que c'était ce qui avait été le pire pour Charles, le *en public*.

La chemise blanche ruinée par son propre sang, Charles tentait encore de rester digne, assis sur un tabouret du bar. Medhi, dans sa bonté, a essayé de dédramatiser la situation en affirmant qu'il n'aurait pas aimé voir la tête de l'autre. Sa tentative est restée vaine. Charles n'a pas cillé, pas bronché, pas ri. L'échec était terrible. Plus il essayait de comprendre les gens du peuple et, surtout, d'évoluer incognito parmi eux, plus il se faisait repérer et éjecter. Le peuple, à l'image de n'importe quel organisme vivant, rejette naturellement les corps étrangers. Voilà ce qu'était Charles : un corps étranger. Une anomalie, un mutant qui n'avait rien à faire ici et qui le découvrait un peu plus chaque jour.

J'ai demandé à Medhi de nous servir deux grands verres d'eau. Je suis monté sur un tabouret de bar, à côté de Charles, et j'ai posé ma main sur son épaule. Il m'a toisé :

– J'ai fait exactement ce que tu aurais fait, Dino.

– C'est vrai. J'ai vu. C'était parfait. Par contre, certaines fois, il vaut mieux se taire.

Medhi nous a servi les verres d'eau. Que pouvais-je dire à Charles ? *Oui, tout est dans l'attitude, mais pas toi, t'as vu ta tronche de bourgeois efféminé ? Qu'est-ce que tu pensais faire, sérieux : t'as les pectoraux comme des olives et les bras d'Audrey Tautou ?* Évidemment que non. Je l'aurais achevé. Charles était finalement quelqu'un de plutôt rigide, incapable de s'adapter à une situation. Un enfant, trop discipliné et pas assez fourbe, qui avait foncé tête baissée, et voilà.

Charles me fusillait du regard, comme si j'étais, moi, la source de ce qui lui arrivait. Mon regard est tombé sur les deux cotons rouges de sang qui sortaient de ses narines et je n'ai pu me retenir de pouffer. Après la rancœur, la stupéfaction. Charles : « Je te fais rire ? » Heureusement, l'arrivée en grande pompe du directeur du camping des Naïades m'a offert une diversion parfaite. Peut-être la cinquantaine, un physique de jeune homme de vingt ans, parfaitement conservé. À sa suite, une demi-douzaine d'employés, silencieux et tête basse. Le directeur nous a sauté dessus : « Oh mon Dieu, c'est pas pos-sible. » Il était outré, il voulait en découdre, ce que nous comprenions tous. Des enfants se noient, des clients se battent, quelle saison de merde, tiens ! Un ouragan, ce directeur. Pour couronner le tout, la fille de l'accueil est entrée, en pleurs. Elle a reniflé, puis :

– Il est là…

– Qui ça ? a voulu savoir le directeur.

– L'agresseur de monsieur. Il est à la réception. Il fait un scandale.

– Ah il veut faire du grabuge ! Eh bien il va voir de quel bois je me chauffe !

Sur ce, toute la bande a vidé les lieux, nous laissant seuls, Charles et moi. Il but une gorgée d'eau, en silence. Seulement cinq minutes plus tard, le directeur du camping était sur un tabouret de bar, à nos côtés, le nez en sang, à essayer d'endiguer l'hémorragie à l'aide de sous-bocks en papier parfaitement inefficaces. Charles a terminé son verre d'eau et s'est levé, pour prendre congé, je l'ai imité et nous allions repartir, lorsqu'elle est entrée. Johanna. Le rayon de soleil de cette journée. Charles subit une très légère chute de tension, mais pas assez pour perdre la face en public.

– Je viens de la réception, a dit Johanna. Il dit qu'il s'en va. Il veut être remboursé.

– Quoi ? a explosé le directeur du camping. C'est ce qu'on va voir !

Ivre de haine, il s'est relevé et est sorti de la pièce. Johanna a dit un truc dans le style « Dites donc, il vous a bien amoché, vous aussi », auquel Charles n'a pas su quoi répondre. Il était hypnotisé par l'animatrice. Je dois admettre qu'elle était encore plus belle de près, un corps de rêve, des formes parfaites et des grands yeux noisette qui vous donnent envie de devenir écureuil. C'était le bon moment, pour Charles. Rencontre du troisième type et, surtout, du deuxième sexe. Mais non. Rien. Pour un écrivain, je le trouvais franchement court en repartie. J'ai décidé d'intervenir.

– C'est fâcheux, toute cette histoire. Mon ami a besoin de calme, de concentration.

– Ah.

– Vous avez reconnu Charles Desservy, n'est-ce pas ?

– Euh… je ne suis pas certaine.

– L'écrivain. Tu l'as eu en quelle année le prix Goncourt, déjà, Charles ?

– C'était en 1979.

– Voilà, en 79. Cela dit c'est amusant que vous soyez là, car Charles écrit justement sur vous.

– Pardon ?

– Son dernier roman se passe ici, au camping, et vous en êtes un des personnages principaux, Johanna.

– C'est-à-dire que…, a commencé de dire Charles.

– Je crois d'ailleurs savoir qu'il voulait vous demander une petite entrevue, l'ai-je coupé. Hein, Charles ?

– Eh bien… oui. Oui. J'allais le faire, en effet.

Le visage de Johanna s'est illuminé. Je ne l'aurais jamais cru, mais les écrivains font rêver. C'est parfaitement inexplicable, mais c'est ainsi.

17

La route des Crêtes

Les dieux du désir avaient décidé de faire une fleur à Charles : c'était le jour de congé de Johanna. Mais le Goncourt était si coincé que toutes ces planètes alignées ne lui suffisaient pas. Il fallut que je prenne les choses en main. Je proposai un petit déjeuner, évidemment à mes frais, que Johanna accepta volontiers. Medhi nous servit une collation dite continentale, avec viennoiseries, doubles expressos et jus d'oranges pressées. C'était parfait. Charles ne parvenait toutefois pas à en placer une. Il a croisé mon regard et m'a souri tristement, un sourire qui semblait vouloir dire : J'ai besoin d'un teneur de chandelle. L'image de Charles, en slip de bain, devant entrer dans une piscine à dix-neuf degrés, traversa mon esprit. Lentement, très lentement, orteil après orteil. À charge pour moi de réchauffer la flotte, par la conversation. Ainsi, j'ai entrepris de mener un interrogatoire en règle et Johanna s'est prise au jeu. Contre toute attente, elle n'était pas la simple animatrice de camping attendue. Elle avait même un parcours intéressant, atypique, bref une vie qui pouvait entrer dans un roman. Marseillaise, elle avait fait khâgne au lycée Thiers de la Cité phocéenne, avant de monter à Paris. Elle n'appartenait pas à la caste des élus, à l'élite de ceux qui avaient eu le concours d'entrée à Normale sup, et ce n'était pas si grave, puisque Johanna était danseuse avant tout. Elle avait d'ailleurs rapidement abandonné toute velléité de poursuivre ses études. La danse. La danse. La danse ! Danse classique, en l'occurrence, pratiquée de façon intensive depuis l'âge de cinq ans. Le problème de Johanna, qui plus jeune avait rêvé d'être petit rat de l'Opéra, c'était la taille. Toujours trop grande, à tous les âges. Devenue adulte, son mètre quatre-vingt-deux lui avait définitivement fermé la porte du monde de la danse classique, où il fait bon d'avoir un éternel corps de fillette de douze ans, la peau sur les côtes, pas de seins et les pieds déformés. Cela étant, il y a à Paris un endroit où les grandes gigues comme elles sont les bienvenues, c'est le Lido. Johanna avait passé haut la main le casting et avait intégré la prestigieuse revue, dix ans plus tôt.

– Mais qu'est-ce que tu fais dans ce camping, avec ton parcours ? demandai-je, réellement intrigué.

– Le studio de vingt-neuf mètres carrés dans le dix-neuvième, un peu marre. Dix ans à Paris, c'est trop. Avec l'âge en plus, j'ai trente-deux ans, le Lido c'est devenu compliqué. C'est très physique.

– Tu es revenue à Marseille ?

– Oui. Je démarre une nouvelle vie. J'espère bien faire des enfants, évidemment. Le camping, c'est pour mettre un peu de côté. J'ai un projet. Une école de danse, pour préparer les filles aux castings des grandes revues parisiennes.

Je me demandai combien de Français faisaient ce genre de chose, monter à Paris pour échouer et, revenus en province, apprendre aux autres comment réussir dans la capitale. Paris n'est finalement qu'un business, un label. Charles, incapable de se déparer d'une espèce de sourire plein de miel, ne se posait visiblement pas ce genre de questions. Il la regardait, il la scannait même, avec une telle insistance que Johanna finit par s'en amuser. Ils ont ri, lui gêné, elle flattée : le moment pour moi de rejoindre tranquillement mon bungalow.

J'ai donc recouvré une autonomie, une liberté dont le Goncourt m'avait gentiment privé, ces derniers jours. Et c'est là, dans ce calme retrouvé, que je l'ai senti. Ressenti, plutôt. L'appel... Ça a commencé par le ventre, c'est monté dans le cœur et puis les poumons, pour finalement envahir ma tête et mes pensées. L'appel. L'appel du jogging. Check rapide sur mes affaires, tout est là, les Brooks, le cuissard Gore, le T-shirt moulant Asics, la Polar pleine de batterie... Mon corps réclamait sa dose d'effort et mon cerveau son shoot d'endorphine.

Je me suis souvenu que Florian, le gendarme, m'avait parlé d'un parcours, celui de la route des Crêtes. Je l'appelai sur-le-champ. Entre mecs qui font du running, on ne se gêne pas, on se refile les plans, on s'envoie des copies d'écran d'iPhone avec des boucles et des dénivelés sur des cartes. C'est une vraie communauté. Accessoirement, je n'excluais pas de le cuisiner un peu pour savoir quand je pourrais enfin récupérer ma voiture. Car j'avais pris ma décision, quoique de manière un peu confuse. J'aurais été incapable de dire à quel moment, j'aurais été incapable de dire comment je l'avais formulée, mais je l'avais bien prise : je devais rentrer. Et qu'est-ce que je serais allé foutre tout seul à Saint-Tropez, hein ? Non, vraiment, il fallait que je retrouve ma vie. Ma Lucienne. Mon Luxembourg. J'espérais seulement qu'il ne soit pas déjà trop tard, que Lucienne ne m'ait pas déjà remplacé par Chiant-Pierre.

Florian a répondu à la première sonnerie. Un truc de gendarme ? Le qui-vive en toute circonstance ? Il était en tout cas débordant d'énergie.

– Florian, bonjour !

– Oui bonjour, c'est Dino Scalla, vous savez, l'AMG Black Series…

– Le joggeur ! Bon alors, vous avez fait une sortie ?

– Non, justement, je vous appelais un peu pour ça. Vous m'avez parlé de la route des Crêtes ? Vous m'aviez dit que vous pourriez me briefer…

– Vous voulez y aller quand ?

– Aujourd'hui. Enfin ce soir, quand il fera un peu moins chaud.

– Mais écoutez, j'ai prévu d'y aller, sur le coup des vingt heures. Je vous prends en passant ? Enfin si vous acceptez de courir avec un gars qui fait quatre quarante au mille…

– Ah cool. Génial. Vingt heures devant les Naïades ?

Il était un peu moins de dix-neuf heures. Les Belges tatoués avaient quitté leur emplacement pour d'autres aventures sur la Côte d'Azur. Sur la terrasse à côté, Charles et Johanna roucoulaient. Ils étaient manifestement passés à Carrefour, où Charles avait acheté du champagne et un plateau de fruits de mer. Ils se préparaient une belle soirée, entretien en vue du roman et, évidemment, plus si affinités dans la tête de l'auteur. À en juger par les éclats de rire de Johanna, j'estimai qu'il ne se débrouillait pas trop mal et que tout était possible. La vie est vraiment dingue.

À vingt heures tapantes, Florian est arrivé au volant d'un Volkswagen Touran rutilant. En tenue, évidemment, les lunettes de soleil Oakley Racing aux verres polarisés en place sur le nez et le sourire de champion du monde. Les sièges enfant, à l'arrière, complétaient le tableau d'un père de famille avenant et tout patate. On était loin du cliché du flic qui fait la gueule, suspicieux, drogué et déprimé. À le regarder comme ça, on aurait plutôt cru à un commercial, enfin un cadre, mais pas du tout à un type qui crapahute avec un SIG-Sauer dans un holster fixé à la hanche. *Butterflies and Hurricanes* de Muse, plein pot dans l'habitacle, m'a confirmé à quel point il était loin des clichés sur les hommes de la police et de la gendarmerie que nous avons en tête, moi le premier. Je me suis fait la réflexion que c'était super rassurant et Florian a enchaîné sur le seul sujet de conversation qui nous liait : le running.

– J'essaie de faire beaucoup de fractionné, du gainage aussi.

– T'as des courses en vue ? demandai-je, optant pour le tutoiement de rigueur entre joggeurs.

– Je fais le Run In Lyon en octobre. Le semi. Ma femme est de là-bas. Mais j'ai commencé la natation, j'aimerais me lancer dans le Xterra.

– Nan ?

– Si. D'ici trois, quatre ans, mes gamins seront assez grands pour que je puisse bouger plus facilement.

J'avais pensé moi aussi me lancer dans ce circuit de compétitions mais, rebuté par l'épreuve de natation en eau vive, j'avais préféré continuer tranquillement les semi-marathons. Le Xterra est un triathlon nature, ou cross, où vous devez nager un kilomètre cinq, en eau vive donc, puis aligner trente kilomètres en VTT avant de finir sur une course à pied de dix kilomètres. Et attention, tout cela ne se fait pas sur du bitume, ni même sur du plat. On vous met dans des forêts, on vous met au pied de collines, enfin on vous met dans la merde et il faut y aller. Les épreuves sont éparpillées un peu partout, par continent, avec, pour l'Europe, Malte, le Portugal, l'Italie, la Grèce, la Pologne ou encore la Suède. Le point de mire de tout cela, pour les meilleurs, le championnat du monde qui se déroule tous les ans à Hawaï. Il faut pouvoir suivre.

– Et tu te vois faire ça ? insistai-je.

– Ah ouais, à fond. J'aimerais. Plus tard. Bon faut voir le budget aussi. Hawaï, si je dis à ma femme que j'y vais sans elle, je pense qu'elle peut demander le divorce.

– J'imagine.

Tout en dissertant sur sa capacité à retourner le cerveau de sa femme pour lui imposer le Xterra dans un avenir le moins éloigné possible, Florian s'est engagé sur une route étroite qui montait, au sud de la ville. Passé la pancarte *La Ciotat* barré en rouge, plus aucune habitation ne venait pourrir le paysage, ni à droite ni à gauche. Et ça montait, et ça montait, et ça montait. Nous n'avions pas encore de vue sur la mer et le paysage était si montagneux que cela paraissait d'ailleurs plutôt improbable. On se serait cru à la montagne, sur une de ces routes merdiques où l'on se croise difficilement et où l'on prie pour ne pas crever. Genre *La Gloire de mon père* et, surtout, la vie de ma mère si on tombe en panne on est morts. Pourtant, arrivés au sommet de la route des Crêtes, la mer Méditerranée était bien là, en bas, étale. C'était à la fois magnifique et *déroutant*, ce qui n'est d'ailleurs pas très rassurant, pour une route. C'était la première fois de ma vie que j'avais le vertige en voiture et ce serait certainement la première fois que je ferais attention au paysage durant mon entraînement.

Florian a garé le Touran sur le bas-côté et nous sommes partis en courant, direction Cassis. Beau joueur, ou bien élevé, j'ai décidé de caler ma vitesse sur la sienne. Il n'y a rien de plus vexant que de courir à peine moins vite que le gars avec qui on est de sortie. Ainsi nous sommes partis sur un rythme de quatre minutes quarante-cinq au mille, comme l'attestait ma Polar. Moi, quand je cours, je suis un taiseux. Je suis concentré sur mon corps, ce qui s'y passe, ma respiration, les éventuels points de côté ou les douleurs dans les muscles, signes de déshydratation. Tout ça quoi, le quotidien du joggeur solitaire, voire soliste. Et puis c'est un sport de cérébral, la course. Je crois que je ne réfléchis jamais autant que lorsque je cours. Je n'irais pas jusqu'à parler d'un état second : disons un état un et demi. Le cerveau est juste assez décalé, juste assez à contretemps pour s'aventurer dans des zones peu habituelles. Et je te refais l'histoire du monde, du big bang au big data en passant par tout ce que tu veux, n'importe quoi, les volcans, la formidable réussite d'Ikea, la durée de vie d'un ficus, vaccin contre la grippe ou pas, David Bowie ou Iggy Pop, quand on repasse une chemise il faut toujours commencer par les manches, la chasse à courre c'est mal, comment les gens vivaient avant les brumisateurs… J'adore cet état et c'est peut-être ce que je préfère dans la pratique de la course, avant les performances. C'est un peu comme si vous enfiliez le cerveau d'un autre type, pour une heure, vous connaissez les manettes, les boutons, mais pas la conduite, pas la tenue de route. Et ça vous embarque.

Florian, lui, ne cessait de jacter. J'ai eu droit à la rencontre avec sa femme, alors qu'il n'était que gendarme en uniforme, avant qu'il ne passe le concours interne pour devenir enquêteur en section de recherches. Après ça, il a enchaîné sur les accouchements de son épouse. Je me suis demandé comment on pouvait parler autant en courant et il a dû s'apercevoir que ça me gonflait. Il s'est senti obligé de préciser :

– Tu sais, c'est un truc d'entraînement ça, en gendarmerie. Les mecs du GIGN font ça.

– Font ça quoi ?

– Parler en courant. Ils se forcent à le faire, ils racontent n'importe quoi, on s'en branle, mais ils parlent en courant.

– Et pourquoi ?

– Parce que si tu montes cinq étages en courant pour arrêter un mec et qu'une fois en haut t'arrives plus à parler, t'as l'air con.

– Ah d'accord.

– Eh oui. Faut au moins pouvoir dire « Les mains en l'air, connard ».

Florian a enchaîné sur ses trucs de gendarme, les enquêtes passées, les heures de gloire et les moments moins drôles. Il m'a fait une espèce de best of des *Faites entrer l'accusé*, l'émission de France 2. L'endorphine aidant – je suppose –, il y est allé de confidences qu'il n'aurait certainement pas dû me faire. C'était au sujet de Rykaard, le gamin hollandais qui s'était noyé dans la pataugeoire du camping. Eh bien il ne s'était pas noyé par accident, le Rykaard. On l'avait un peu aidé. Il avait une plaie à l'arrière du crâne qu'il n'avait pas pu se faire seul.

– Je peux te le dire, t'étais pas arrivé quand ça s'est passé. T'es pas concerné.

– Putain mais c'est dingue ce que tu me dis ! Et vous avez une piste, quelque chose ?

– Peut-être. Bon là, tu comprendras que je ne peux rien te dire. On a quelque chose oui. Pas de l'ADN, mais on a de quoi identifier le tueur.

– C'est quelqu'un du camping ? Tu me fais flipper, là.

– T'inquiète. On saura ça demain matin, à la première heure !

Florian s'est aperçu qu'il en avait trop dit, il a changé de sujet. Et je préférais qui, moi, entre Hondelatte et Lantieri ? Je ne l'écoutais plus. Les morts violentes faisaient évidemment partie de son univers, voire de son quotidien, mais pas des miens. Je repensai à ce gamin, que je ne connaissais pas, et essayai d'imaginer comment il était mort, dans le noir, avec une brute sur le dos qui lui maintenait la tête sous l'eau. C'est une chose de mourir dans un accident, c'en est une autre de se faire assassiner. Je crois que cela ajoute une dose de panique. Le tueur a dû péter les dents du gamin contre le carrelage de cette saloperie de pataugeoire. Personne ne mérite de mourir comme ça, à seize ans. Pas même un Hollandais.

Quelque chose s'est immiscé en moi, un peu comme une remontée gastrique acide.

Je n'avais plus envie de rester dans ce camping, à boire des mojitos sous-dosés et à tuer le temps avec un écrivain handicapé social. Toutes les fois où mon regard se poserait sur la piscine je repenserais à ce pauvre gosse et à sa mort inacceptable. Décidément, tout me poussait à rentrer chez moi : au Luxembourg.

18

Faites entrer l'enculé

J'ai été réveillé à six heures par des coups de poing contre la porte de mon bungalow, le lendemain matin. « Gendarmerie nationale, ouvrez ! » J'ai enfilé un bermuda, un polo et suis allé ouvrir, pour découvrir un pandore en uniforme brandissant devant moi une commission rogatoire l'autorisant à mettre mon bungalow à sac. Même cirque chez les voisins, à commencer par Charles, déjà en pantalon de flanelle et en chemise à manches longues, la fine moustache parfaitement à sa place. Je l'ai salué de la main. Johanna est apparue derrière lui, les cheveux légèrement en pétard mais décidément canon en toute circonstance, y compris au réveil le lendemain d'une soirée que je devinais bien arrosée.

La saison des Naïades était définitivement foutue. Des dizaines de gendarmes étaient en train de procéder à la fouille minutieuse de tous les bungalows du camping.

Le temps de la perquisition, je me suis installé sur une chaise en plastique de la terrasse, un mug de café à la main. Johanna, belle et confuse, comatait sur une chaise similaire à la mienne, sur la terrasse de Charles. À vrai dire, elle ne m'intéressait pas. Charles avait toute mon attention. Debout dans l'embrasure de la porte, il trépignait, faisait les cent pas dans un mètre carré, lançait des regards inquiets autour de lui. Je commençais à le connaître, mon Chuck, et là il stressait. Et je savais ce qu'il cherchait. J'avais tout compris la veille au soir, en rentrant du footing avec Florian. Il était un peu moins de vingt-deux heures, les lumières du bungalow de Charles étaient déjà éteintes et sa porte fermée alors que la table de la terrasse n'avait pas été débarrassée. Cela ne lui ressemblait pas. J'imaginais bien un roulage de patin debout, face à la mer, le tout suivi d'une entrée en trébuchant dans le bungalow. En passant devant la terrasse, j'avais entendu Johanna gémir, haleter. Ils étaient dans la chambre et ils baisaient. J'ai souri, amusé. Personne ne jouit de la même façon. C'est ce qu'il y a de plus intime, chez tout le monde, bien plus que la nudité ou les secrets de famille. Jouir. On a tous notre *chanson*. Et celle de Johanna était assez belle, elle était susurrée, à la Jane Birkin. Très excitante, en tout cas. C'est d'ailleurs exactement ce que j'étais en train de me dire, lorsque mon regard était tombé sur les mocassins italiens de Charles, abandonnés devant la porte. « On a quelque chose oui, m'avait dit Florian. Pas de l'ADN, mais on a de quoi identifier le tueur. » Il avait ajouté : « T'inquiète. On saura demain matin, à la première heure ! » Le gland, le putain de gland en cuir qui manquait à sa chaussure. J'ai ressenti la même chose que lorsqu'on cherche le nom d'un acteur, celui qui est sur le bout de la langue et qui refuse de descendre. Quand, enfin, on s'en souvient, après une demi-journée à s'énerver. J'avais eu quelque chose sur le bout de la langue, moi aussi, et c'était ce gland en cuir.

Tout en buvant mon café, j'observais Charles, perdu de chez perdu. Le gendarme qui faisait son bungalow lui avait forcément posé la même question qu'à moi : « Où sont vos chaussures ? » Charles cherchait du regard ses mocassins qu'il ne retrouverait jamais, puisque je les avais jetés le plus loin possible derrière le grillage du camping, la veille au soir. Pourquoi avais-je décidé de lui sauver son petit cul ? Je l'ignore, aujourd'hui encore. Peut-être avais-je pris un peu trop à cœur mon rôle de tuteur, peut-être étions-nous vaguement amis. Toujours est-il que désormais, aussi étrange que cela puisse paraître, nous étions liés. Dans ce crime. J'ai repensé à tous ces gens racistes à crever mais qui ont un super pote arabe et qui s'en défendent par un « Lui, il est pas comme les autres ». J'étais exactement dans le même état d'esprit. Charles était, en effet, un assassin pas comme les autres. Qu'avait-il de si différent ? La même chose que l'Arabe de notre raciste : il avait que je le connaissais, voilà tout. Ainsi j'ai découvert, stupéfait, que les liens privés étaient plus forts que les règles de vie en société, que la justice ou que *Faites entrer l'accusé*. Dans ma cité, on avait une sorte de marotte, disons plutôt un dicton. On disait qu'un vrai ami, c'est celui qui vous aide à porter un cadavre sans poser de questions. Et voilà ce que j'étais, un vrai ami, un bon compagnon.

Lorsque Charles a croisé mon regard, je lui ai fait mon plus beau sourire, le mug levé devant moi comme pour trinquer. Il a compris. Il a su que je savais. Et il m'a paru soulagé.

J'avoue, j'ai rapidement pensé que Charles m'était dorénavant redevable. Pas sur le coup, cela dit ; sur le coup j'ai peu réfléchi, je m'étais débarrassé des chaussures en toute hâte et, presque, en pleine euphorie. Cette histoire cassait mon quotidien en deux. Je cessais d'un coup d'avoir une vie banale, j'entrais en grand seigneur dans un truc un peu dingue. Je crois que j'ai trouvé ça bien. Si c'était à refaire en tout cas, je procéderais exactement de la même façon. Rykaard ? Connaissais pas. Alors c'était moche, bien évidemment : il était mort. Et le calcul, donc. Pas sorcier. Charles, dorénavant, m'en devait une. Je pourrais lui demander n'importe quoi, n'importe quand, il serait là pour moi. Je préférais ne jamais avoir besoin de lui, mais j'avais cette carte en main dorénavant.

Une fois les gendarmes partis, leur perquisition en travers de la gorge, je suis allé rejoindre Charles et Johanna sur leur terrasse. Johanna, bien réveillée cette fois, s'est mise à conjecturer. Tout ce cirque était forcément lié à la mort du jeune Rykaard. Quoi d'autre ? Il ne s'était donc pas tué tout seul. Cette jeune femme était décidément pleine de bon sens. Charles et moi avons soigneusement évité d'entretenir ce début de conversation. Je me lançai d'ailleurs dans une série de petites remarques grivoises, sur leur soirée de la veille et sur le tapage nocturne qu'il m'avait ainsi imposé. Clin d'œil. Johanna qui rougit, qui demande à Charles si elle peut prendre une douche, mais bien sûr, ma puce. Il l'a accompagnée à l'intérieur et est ressorti très vite, avec la cafetière pleine. Sucre ?

– J'ai couru avec mon pote gendarme, hier soir, attaquai-je d'emblée.

– Ah oui, c'est vrai. J'avais oublié.

– Il m'a... disons... fait des confidences involontaires.

– Je vois.

– Il m'a dit que le gamin avait été tué et qu'ils avaient de quoi identifier le coupable, mais que ce n'était pas de l'ADN. Hier soir en rentrant, quand j'ai vu tes chaussures… j'avais déjà remarqué qu'il te manquait un gland.

– Je n'avais pas fait attention.

– Je les ai jetées, tes *shoes*. Florian m'a aussi laissé entendre qu'il y aurait une perquisition, ce matin. Voilà.

– Je ne sais pas quoi te dire, Dino.

– Dis rien, alors. Je sais pas trop ce qui m'a pris. J'ai vu tes godasses, j'ai percuté…

– Tu sais, pour ce gamin, c'est juste que…

– Stop : je ne veux pas savoir, Charles. Vraiment. J'ai pas envie.

Après ça nous nous sommes tus, profitant du paysage toujours aussi magnifique de la baie de La Ciotat. En prime, nous avons eu droit au spectacle des Canadair, trois au total, venus se fournir dans la mer, là, juste là. Les avions se suivaient, bien en ligne, et plongeaient chacun à leur tour pour effleurer l'eau et remplir leurs soutes. Dans ces coins il n'y a pas d'été sans incendie et les Canadair sont un peu l'équivalant de nos chasse-neige.

– Et pour ta voiture, au fait ? voulut savoir Charles.

– Tu sais que je n'ai même pas pensé à en parler au gendarme ? Je ne sais pas quand ils vont lever la saisie du garage. Ça me saoule. Faut que je rentre chez moi.

– Tu as eu Lucienne au téléphone ?

– Non, j'ai dit, un peu coupable.

– Appelle-la, Dino. C'est assez drôle que ce soit moi qui te donne des conseils en matière de couple, mais fais-le : appelle-la.

– Tu as raison.

Johanna est sortie du bungalow. Elle a fait ce truc que font les femmes, en peignoir, les cheveux enveloppés dans une serviette et la tête penchée sur le côté. Elle a frictionné ses cheveux pour les sécher, super sexy. Elle s'est mise derrière la chaise de Charles et elle a posé les mains sur son torse, l'air de dire : Celui-là, il est à moi. C'est en tout cas comme ça que je l'ai pris. J'ai décidé de prendre congé.

19

Les heures creuses

J'avais lu une fois, sur Internet, un article prodiguant des conseils aux demandeurs d'emploi. Qu'est-ce que le gigolo que j'étais pouvait bien en avoir à faire, excellente question. Peu importe. Le type égrenait une liste de règles de base si évidentes qu'elles ne pouvaient être adressées qu'à des mongols. Comment ne pas savoir qu'il faut enlever sa casquette lors d'un entretien ? Qu'il ne faut pas y aller en survêtement ? Qu'il faut éviter de mâcher un chewing-gum la bouche ouverte ? Si des demandeurs d'emploi ont besoin qu'on leur explique ces évidences, alors ils n'ont aucune chance. Pas la peine d'y aller, les gars, pour vous il y a le RSA. J'avais tout de même appris une chose : la tenue vestimentaire influence le comportement de celui qui la porte. La même personne bougera et s'exprimera de façon différente si elle est en bermuda ou en costume. Caméléonisme. L'article allait jusqu'à dire que cela modifiait la façon de parler, le champ lexical et, peut-être, la pertinence. Partant, il invitait les mongols… pardon, les demandeurs d'emploi, à s'habiller correctement avant de téléphoner à un employeur, même s'ils le faisaient depuis leur salon. Les fringues, cela s'entend dans la voix.

De retour au bungalow, je me suis souvenu de cet article. J'ai agi en conséquence. Douche. Rasage. Les dents. Bermuda propre. Chemise blanche. Manches longues. Peigne. Parfum. Puis, sur la terrasse avec une tasse de café, la mer à perte de vue, important ça, la mer qui me dégageait les poumons et l'esprit. J'ai composé le numéro de téléphone de Lucienne. J'espérais évidemment qu'elle me réponde mais je me préparais aussi à lui laisser un message. Un vrai message, qui part du ventre, qui passe par le cœur et qui pouvait se résumer ainsi : je veux rentrer chez nous.

J'ai bu une gorgée de café et mes yeux ont bu une gorgée de mer. Ça sonne. Pas comme en France. On a une autre tonalité, au Luxembourg. C'est notre conduite à gauche à nous. Deux sonneries, pas plus, et là, surprise, ça décroche. J'imagine que Lucienne a eu besoin de ces quelques jours pour reprendre son souffle après mon histoire avec Paul Drumond. J'imagine qu'elle est prête, cette fois, à m'entendre, à me voir revenir. Je lui lance un assez suave « Lucienne… c'est moi », suivi d'un silence à peu près aussi suave. Pas de réaction. L'émotion ? Je reviens à la charge :

– Lucienne ?

– Tu vas arrêter de nous appeler, connard de Français…

C'était Chiant-Pierre. Il avait été rapide pour prendre ma place et si je n'avais pas été directement impacté, j'aurais salué la performance. Avec le recul, je sais que ce n'était pas dû à la baston avec Drumond et à mon départ précipité. Non. Ça datait de bien avant. C'était parce que j'avais abandonné Lucienne à sa mère, à l'AVC, à sa gueule de travers. Si j'avais été présent, comme n'importe quel vrai compagnon, à défaut de mari, Lucienne ne se serait pas éloignée de moi, elle n'aurait même pas embauché Chiant-Pierre et je ne serais pas là, face à cette mer imbécile. J'avais déconné.

J'ai inspiré un grand coup. Posé ma tasse de café sur la barrière en bois de la terrasse. Passé la main dans ma crinière. Rebooté mon cerveau, mode mâle dominant. J'ai dit :

– Passe-moi ma femme, espèce de chien.

– T'as plus de femme. Ici c'est chez moi, maintenant.

– Passe-moi Lucienne et change de ton, la courgette…

– Tu fais toujours le malin. C'est français, ça. Tu as perdu et tu continues de faire le malin. Lucienne veut pas te parler, t'entends ? Elle veut pas te voir. On a jeté tes affaires.

– Passe-moi Lucienne.

Juste avant qu'il ne coupe la communication, j'ai entendu Lucienne, dans la pièce, lui demander qui était au téléphone. Ah tiens, elle n'était pas au courant qu'il répondait à sa place. Lueur d'espoir. Connaissant Lucienne, j'estimai qu'elle était en train de calmement reprendre son portable pour regarder qui avait appelé. Après quoi elle me rappellerait et nous pourrions, enfin, recoller les morceaux. Oui Lucienne, j'ai déconné. Oui j'aurais dû être présent dans cette épreuve. Oui je veux revenir et te montrer que je ne suis pas ingrat. Oui. Oui ! J'ai attendu plus d'une heure, sur ma terrasse. Lucienne n'a jamais rappelé. J'aurais préféré qu'elle m'envoie clairement promener, ainsi j'aurais eu un point de départ pour la séduire à nouveau. Là, j'ignorais totalement où nous en étions.

Les deux journées qui ont suivi ont représenté la période la plus étrange de ma vie. D'un côté, je me torturais les méninges pour essayer de comprendre pourquoi et comment Charles, un homme si charmant et presque gauche, en était arrivé à tuer un adolescent. J'ai imaginé mille scénarios, le premier étant que le gamin avait surpris notre homme en train de faire quelque chose de pas très jojo. Mais quoi ? Une masturbation nocturne sur la serviette de bain de Johanna ? Un plan homo avec un Allemand père de famille ? Allez savoir.

D'un autre côté, je m'arrachais les cheveux sur Lucienne, qui ne rappelait pas. De ce point de vue, j'étais un peu comme dans ce film avec Tom Hanks, qui se retrouve coincé dans l'aéroport JFK. J'ai passé presque quarante-huit heures à végéter, à changer d'avis toutes les dix minutes sur la marche à suivre et à assister au bonheur parfait du plus improbable des couples : un prix Goncourt assassin et une khâgneuse danseuse du Lido. Et pourquoi est-ce qu'il a tué un Hollandais, lui, nom de Dieu ? Ils formaient en tout cas un couple tranquille et s'ils m'ont bien sûr invité à un apéro sur leur terrasse, je ne les ai que très peu vus. Dès que le club des moutards lui en laissait le temps, Johanna fonçait jusqu'ici, notre quartier, elle s'engouffrait dans le bungalow de Charles et n'en ressortait que lorsqu'elle lui avait chanté sa chanson au creux de l'oreille. Des adolescents, qui ne pouvaient s'empêcher de se prendre par les fesses dès qu'ils se tournaient, qui ne pouvaient s'empêcher de s'empiler sur le lit, contre le lavabo de la salle de bains, à quatre pattes dans les W-C, tiens, partout, partout, partout. Des bêtes.

Après deux jours sans vivre, enfin, le dénouement.

J'espérais une délivrance, j'eus droit à une sentence.

Lucienne m'a téléphoné et m'a livré une explication bidon, un truc pas franc du collier, qui ne lui ressemblait pas. Lucienne m'avait toujours dit les choses, sans aucun baratin. Moi aussi, du reste, ce qui nous avait d'ailleurs, je pense, permis de rester ensemble vingt ans sans le moindre clash. Là, on aurait dit une zombie, une imitation d'elle-même, une espèce d'âme fakée. On aurait dit une enfant qui débite au tableau une récitation de Robert Desnos et qui n'y comprend que dalle. Scolaire, Lucienne. Oral du bac, Lucienne. Téléguidée.

– Dino, écoute, j'ai besoin de faire le point. Sans toi.

– Lucienne, je peux entendre un : Je veux te quitter. Mais pas ça. Pas toi. On fait le point quand on est en quatrième. Ou alors quand on n'ose pas dire les choses franchement.

– Tu sais, c'est difficile, avec maman.

– Je n'ai pas été présent, je sais. Mais je veux rattraper ça. On est ensemble depuis vingt ans, on ne va pas se jeter au premier accroc, quand même. Lucienne ?

Lucienne n'a plus rien dit. J'ai entendu Chiant-Pierre hausser le ton, en luxembourgeois, juste à côté d'elle. Le bâtard. Le sale petit bâtard consanguin. Lucienne m'a raccroché au nez et je suis resté un long moment interdit, debout sur cette terrasse, qui ressemblait de plus en plus au radeau de la *Méduse*, avec même pas un connard à bouffer pour tenir le coup. J'ai pensé à un autre film avec Tom Hanks, *Seul au monde*, quand il se retrouve abandonné sur une île. C'était quoi ce délire avec les références cinéma ? Aucune idée. Je divaguais. Toujours est-il que mon monde s'est effondré d'un coup, je venais de tout perdre, absolument tout, ma compagne, mon chez-moi, mon pays d'adoption et mon statut, aussi risible fût-il. Je n'étais même plus un gigolo.

Hors de question d'accepter cette situation. Hors de question de me faire voler ma vie par Chiant-Pierre, ce fils de chien. Je devais impérativement revenir chez moi pour remettre de l'ordre dans ce bordel. Je suis rentré dans le bungalow et j'ai ouvert ma valise en grand sur le lit, pour y balancer mes affaires. À la hâte. Je ne pouvais plus rester une minute de plus dans ce camping, ce Disneyland pour classe moyenne. Tout en ramassant mes vêtements, j'ai appelé Florian, le gendarme, pour le prévenir que je devais reprendre ma voiture, maintenant. Juste maintenant. Il a décroché à la première sonnerie. À croire qu'il passait ses journées les yeux rivés sur l'écran, à attendre qu'on essaie de le joindre.

– Salut, Florian, c'est moi, Dino.

– Ah salut, tu vas bien ?

– Pas trop, non. Écoute, je dois rentrer au Luxembourg, c'est une urgence. Il faut que je récupère ma voiture.

– Ça va être compliqué, là… La saisie n'a pas été levée et…

– Florian, c'est un cas de force majeure. Il faut que je remonte. Absolument.

– Encore une fois, Dino, c'est impossible. Ça m'embête, crois-moi…

– Florian, ma femme vient de m'annoncer qu'elle me quittait. Tu comprends ?

– Ah merde… Crois bien que je suis désolé, Dino, mais pour ta voiture, c'est mort. C'est un peu compliqué à expliquer par téléphone. Ça te dit pas, un petit tour à la route des Crêtes ce soir ? Je te raconterai…

Je passai le reste de la journée assis sur une des marches en bois de la terrasse, les yeux dans le vide. À compter les Canadair. Le paysage est tout de même moins chouette quand on n'est pas bien. Finalement tout est moins chouette quand on n'est pas bien, la bouffe, les gens, tout. On mesure tout à soi, on est des thermomètres à monde. C'en est drôle, de nous voir nous exciter, nous mettre en colère ou nous émerveiller alors que le paysage reste là, immuable, décor de théâtre. On veut, on juge, on s'emporte, et on passe. Est-ce que je préférerais être ce paysage ou rester moi ? Moi, évidemment. Je suis tellement plus important que tout le reste. Rendez-vous compte : le monde n'existe pas sans moi. Ce qui s'est passé avant ma naissance et ce qui se passera ensuite : présomptions et conjectures. Je ne peux pas connaître le monde sans moi, hors de moi. J'en suis fatalement le centre, voire le maître. Les choses et les êtres sont chouettes ou pas chouettes en fonction de moi, ce que j'ai là. C'est un jeu vidéo, le monde. Un *Call of Duty* démilitarisé dans lequel j'erre, et les paysages apparaissent là où je pose mon regard. Chouette, pas chouette. Monde, pas monde. Ah ! il s'en passe des choses dans une tête, lorsqu'on reste une après-midi entière assis sur un escalier en bois, la Méditerranée juste en face. Il s'en passe…

Comme convenu, Florian et moi avons fait notre petite sortie, le soir. Re-balade en Touran, re-route des Crêtes et re-montre Polar. Je suis parti comme un bourrin. Je devais être à quatre minutes au mille, autant dire qu'à ce rythme j'allais m'exploser les poumons et Florian allait exploser tout court. Je n'avais pas décoléré. Chiant-Pierre. La Mercedes bloquée. Charles et

Johanna qui passaient tout leur temps à faire des Tetris avec leurs culs. Et qu'est-ce que je foutais là, hein ? Qu'est-ce que je foutais encore là…

Dans le Touran, Florian avait alimenté la conversation en banalités. Les formules toutes faites, préparées d'avance, l'easy listening du langage. Rien à foutre, la vie des autres, rien à foutre. Moi je veux avancer, d'accord ? Je veux reprendre ma vie. Quatre minutes au mille. Grosse cadence. Quinze kilomètres à l'heure. On croirait pas comme ça, mais peu de gens peuvent tenir ce rythme. Je frappe la route avec mes pieds comme si je transperçais la Terre. Je n'ai plus ni cœur ni poumons, je suis une machine, j'ai les jambes, je balance les bras, je pousse de partout, les abdominaux, les fessiers, même le squelette ! Je pousse. J'ai la caisse.

Florian a arrêté les frais au cinquième kilomètre. Il a repris son allure, il est redescendu en dessous de son seuil, à savoir un peu plus de 12,80 de moyenne. Je l'aurais chambré, si j'avais été dans d'autres dispositions. Ben alors le GIGN, on ne parle plus en courant ? Mais je n'étais pas là pour ça. Et puis pas envie. Florian a vu en tout cas que je n'étais pas dans un grand jour, niveau moral, et il s'est senti obligé de se justifier, pour le garage. Je n'en attendais pas moins.

– Tu sais, pour ta voiture, ça peut prendre encore quelques jours.

– Tu m'avais dit que c'était une formalité. Une autopsie pour la forme.

– On fait quasiment toujours une autopsie, en cas de suicide. Y a eu trop de ratés par le passé. Même quand on est sûr de notre coup, on la fait.

– Qu'est-ce qui coince alors ?

– Bon, je ne devrais pas te le dire, Dino, mais… le garagiste ne s'est pas suicidé.

– Quoi ?

– On l'a aidé. Le type qui a fait ça a fait une mise en scène parfaite, et franchement on a failli se faire avoir. Mais c'est un meurtre. On l'a tué.

– Putain, c'est dingue ! Et comment vous pouvez en être aussi sûrs ?

– Il n'a commis qu'une seule erreur : la lumière.

– Comment ça ?

– Je te passe les détails, mais après recoupement de plusieurs témoignages, nous sommes sûrs de l'heure de la mort : entre deux et trois heures du matin. Le problème, c'est que la lumière était éteinte dans le garage.

– Je suis pas sûr de comprendre…

– Tu imagines un type qui se pend dans le noir, toi ? Non. Il a été tué et le mec qui a fait ça a fait l'erreur d'éteindre la lumière en sortant. C'est un assassin bien élevé.

La route des Crêtes s'est mise à tourner, et la mer avec et le ciel et moi l'épicentre de ce séisme. Vous prenez l'ensemble des éléments, les choses, la lune, le cosmos et Dieu, vous me secouez le tout dans un shaker et ça vous fait ça : un big bang à la merde. Florian était légèrement en retrait. Sans cesser de courir, j'ai fait les gros yeux pour l'inciter à développer encore, ce faisant, je n'ai pas vu la grosse pierre que le destin, cet enculé, avait déposée juste là, devant moi. J'ai trébuché en avant et puis roulé dans le bas-côté, emporté par mon élan. J'ai chuté dans une sorte de large rigole. N'importe comment, un pantin désarticulé en bout de course, un peu comme ces types qui s'effondrent, exécutés d'une balle dans la nuque, dans les vieux films en noir et blanc de la chaîne Histoire. J'ai entendu quelque chose craquer, disons une petite branche d'arbuste. Le cul par terre. J'ai voulu me relever, mais impossible, j'avais trop mal à la cheville quand je posais le pied. Entorse, pas entorse ? Par je ne sais quel miracle, quand on se blesse en courant, le type avec qui on est de sortie se transforme systématiquement en médecin. Il se déclare, assumant une sorte de coming out d'Hippocrate. Florian, ne dérogeant pas à cette règle immuable, s'est accroupi, a pris ma cheville entre ses mains et a fait plein de trucs avec en me demandant à chaque fois si j'avais mal. Je dois admettre qu'il avait quelques notions. Assez en tout cas pour délivrer une sentence :

– T'enfles pas, donc c'est pas une entorse.

– Je peux pas poser le pied.

– Je crois que tu t'es carrément pété la cheville, Dino.

20

Le triangle des bermudas

Je n'avais jamais vu une radio de cheville, avant cela. Le petit trait noir, là, en travers de la malléole extérieure, était la cause de mon malheur. Une de ces douleurs… J'avais pleuré. Florian était reparti en courant à la voiture, me laissant assis par terre, dans le fossé, et j'avais pleuré, comme un enfant. L'esprit, le spirituel, tout ça c'est bien beau, mais le physique prime vraiment tout. La souffrance prend toute la place, elle s'impose, elle est égocentrique et manipulatrice. Durant les vingt minutes qu'il a fallu à Florian pour aller chercher son Touran, je n'ai pensé à rien d'autre qu'à ma douleur à la cheville.

Lorsque j'ai demandé au médecin des urgences, un gamin dans les vingt-cinq ans tout mouillé, quand est-ce que je pourrais courir à nouveau, il a ri. Pas bon, ça. Sans répondre, il a annoncé qu'il allait me plâtrer. C'était une façon de répondre. Un plâtre, des béquilles, j'allais forcément me trimballer cet attirail durant plusieurs semaines. Sans parler des séances de kinésithérapeute, derrière. Bref, mon quotidien allait être rythmé par cette affaire pour les deux ou trois mois à venir !

Bourré de Doliprane, plâtré, assis sur un fauteuil roulant à pièce, comme les Caddie à Carrefour, j'attendais dans le hall de l'hôpital que Florian vienne se garer devant en Touran. Et c'est seulement là que j'ai repensé au garagiste. Se pouvait-il qu'il y ait eu deux tueurs dans le même périmètre, au mois de juillet, dans le secteur si touristique de La Ciotat ? À peu près autant de chances que de revoir un jour un Français gagner Roland-Garros. C'était d'une évidence absolue. C'était statistique, mathématique, scientifique ! Celui qui avait tué Rykaard avait aussi tué le garagiste et la mère de famille britannique. Il portait une fine moustache. Il était écrivain. Et finalement, sous ses airs de grand bourgeois, il était complètement marbré. J'ignorais pourquoi Charles avait tué le gamin hollandais. En revanche, pour le garagiste, ça me semblait plus évident : moi. Charles avait fait cela pour que je reste au camping. Charles avait fait ça pour m'empêcher de partir. J'en étais persuadé, me demandant seulement si je devais être effrayé ou flatté. À bien y réfléchir, j'ai estimé que je ne risquais rien. Si Charles avait voulu, pour je ne sais quelle obscure raison, me tuer, il l'aurait fait. Il en avait eu l'occasion, des dizaines de fois. Je pensais aussi qu'il m'avait à la bonne et, aussi étrange que cela puisse paraître, je trouvais ça presque rassurant. Enfin, pour être tout à fait franc, j'ai toujours été très influencé par les répliques de film. Et dans *Le Parrain II*, Vito Corleone dit : « Garde tes amis près de toi, et tes ennemis encore plus près. »

Durant le trajet entre l'hôpital et le camping, Florian n'a quasiment rien dit. Il était super emmerdé parce qu'il se sentait responsable de ce qui m'arrivait. J'avais eu beau le rassurer là-dessus, lui redire que je m'étais fait ça tout seul et, surtout, comme un con, il culpabilisait toujours. De mon côté, je cogitais sur ce que je devais faire, maintenant. J'avais en effet la possibilité de prévenir Florian, pour Charles. Lui boucler son enquête, là, tout de suite. J'ai pesé le pour et le contre et vite décidé que j'avais surtout intérêt à me taire. Car alors je devrais avouer avoir dissimulé des preuves. Je réalisai d'ailleurs que j'avais fait mon choix à ce moment-là, lorsque j'avais balancé ces chaussures de l'autre côté du grillage. Et ça, en langage policier, ça porte un nom : complice.

Complice.

Au camping, Florian a garé son Touran juste à côté de la Bentley de Charles, qui était justement en train d'en refermer le coffre. Le gendarme s'est précipité pour prendre les béquilles, à l'arrière, et me les apporter. Lorsqu'il m'a vu sortir de la voiture et clopiner, Charles a paru amusé. Surpris, quoi. Sans voix, l'écrivain. J'ai demandé : « Tu connais Florian ? – Oui, a fait Charles ; nous nous sommes déjà rencontrés, avec cette histoire, pour le gamin. » Quel talent. Jean Dujardin n'aurait pas fait mieux. Poussant le jeu jusqu'à sa limite, Charles a fait un clin d'œil à Florian : « J'ai des bières au frais, vous n'allez pas repartir comme ça. »

C'est ainsi que nous nous sommes retrouvés sur la terrasse de Charles, autour d'un bol de chips, avec chacun une Heineken. Charles m'a alors montré une facette que je ne lui connaissais pas encore, celle de la séduction. Il a été tellement sympa avec Florian ! Il lui a posé pas mal de questions sur son métier, sans être ni lourd ni louche, non, seulement intrigué et intéressé. C'était hallucinant à quel point Charles, qui était par ailleurs inadapté à notre société, pouvait se montrer fourbe et enjôleur. Quelque chose avait dû switcher dans sa tête. Son cerveau avait vrillé, et le tueur avait pris les commandes de la navette. Même lorsqu'il a repris Florian sur un point, disons de culture générale, il l'a fait sans condescendance et c'est passé tout seul. Florian, un rien chambreur, venait de me rappeler la fameuse maxime de Winston Churchill : « *No sport* ».

– Je vais vous apprendre un truc, Florian, Churchill n'a jamais dit ça.

– Ah bon ? Je croyais pourtant.

– Il l'a presque dit. Un journaliste lui a demandé quel était le secret de sa longévité, et il a répondu « *Low sport* ». Pas « *No sport* ». Du sport doucement, et pas jamais de sport.

– Hum.

– Churchill était un grand sportif, étant jeune. Il a fait une école militaire, il a été champion d'escrime…

– Comme quoi, dis-je, on ne connaît jamais vraiment les gens.

– Je vais me coucher moins bête ce soir, enchérit Florian.

– Vous savez, je sais tout ça parce que j'ai travaillé sur sa biographie. J'ai participé à l'écriture de documentaires sur Churchill, pour France 5.

– Tu sais ça aussi parce que tu es brillant, Charles, lançai-je. Ne sois pas modeste. Même carrément un peu plus brillant que la moyenne des gens.

– Si tu le dis…

– Personne n'a idée de ton vrai niveau. On frise l'excellence.

– Tout de même, Dino… n'exagère pas.

Sa bière terminée, Florian a annoncé qu'il prenait congé. Il était sous le charme de Charles. Dans son esprit, il avait eu le privilège de boire une bière avec un prix Goncourt, un type hyper sympa, de surcroît. Je pense que Florian était un bon, dans sa partie. Au boulot, je veux dire. Mais alors dans la vie privée, quel naïf. Il venait de boire une bière avec un mix de Charles Manson et de Dexter, sans rien piper. Peut-être suis-je trop sévère. Comment aurait-il pu s'en douter ? Moi-même, qui étais si proche du tueur, je ne l'avais démasqué que par un coup du hasard. Deux meurtres, au moins deux. Et même trois. Je doutais en effet de la noyade accidentelle de l'Anglaise adepte des cuvettes de W-C.

– Dis donc tu vas faire comment, pour ta voiture ? me demanda Florian au moment de partir.

– J'y avais pas encore réfléchi…

– Tu sais, Dino, est intervenu Charles, je crois que mes vacances ici sont terminées. J'ai pris assez de notes pour travailler à Paris. J'ai envie de rentrer chez moi. Je peux te ramener au Luxembourg avant cela.

– Mais non, attends, t'as vu le détour ?

– Et à quoi servent les amis ?

– De toute façon, intervint Florian, tu ne peux pas conduire. Si tu veux, quand ta Mercedes sera libérée, je peux la garder à la caserne. On a des garages libres, ça pose aucun problème. T'enverras quelqu'un pour la récupérer.

– J'espère juste que je n'aurai pas d'accident, Charles.

– Je sais conduire, je te rassure.

– J'ai pas dit *nous*, j'ai dit *je*.

– Je te jure que tu arriveras à bon port, Dino.

Florian a tout juste senti une légère tension entre Charles et moi. Il ne s'est pas douté une seconde que nous étions à deux doigts, sinon d'une confrontation, du moins d'une sérieuse explication. Encore une fois, il n'avait aucun moyen de le savoir. Cela dit, j'acceptai la double proposition de mes deux nouveaux potes. J'étais fatigué d'être ici et ils m'amenaient sur un plateau les réponses à mes questions de logistique. J'étais dans une situation assez dingue, qui m'aurait amusé si je n'avais pas eu si mal à la cheville : les deux types qui se fendaient en deux pour m'apporter leur assistance étaient, pour l'un, un assassin, pour l'autre, l'enquêteur censé l'arrêter.

21

Je suis snob

Charles a rangé mes affaires, passé un coup de balai dans mon bungalow et chargé ma valise dans sa voiture. Le temps de faire la même chose dans son propre bungalow, il m'a installé sur sa terrasse, avec un grand bol de café.

Dans ma tête, j'étais déjà au Luxembourg. Comment allais-je reprendre ma place ? Comment virer Chiant-Pierre et reconquérir Lucienne ? Aucune idée. Seule certitude, je n'étais absolument pas dans le calcul. J'étais plutôt dans l'évidence : Lucienne et moi formions un couple, un vrai, malgré les apparences. Qu'est-ce qui nous avait mis sur le toit, ces derniers mois ? Macha. Rien de plus. La présence de Macha chez nous. J'étais évidemment fautif. Égoïste, plus soucieux de mon confort que de Lucienne qui se devait d'assister sa propre mère. C'est dur, les vieux en fauteuil. C'est chiant. Ça rentre nulle part, ça traîne, ça comprend rien. Mais bon il faut être là, c'est la famille, c'est tout. Là-dessus, je savais que je pouvais me refaire. Me reprendre. Et accessoirement, cynisme inavouable, je savais qu'à plus de cent ans, Macha n'allait plus nous squatter très longtemps. La seule inconnue, dans mon retour à la maison, demeurait la relation entre Lucienne et Chiant-Pierre. Était-elle amoureuse ?

N'était-ce qu'une aventure, un coup de canif ? Aucune idée. C'était pourtant la clé de l'avenir.

Charles et moi avons quitté le camping sans que personne nous demande rien. Mon plâtre à lui seul justifiait le départ anticipé, voire précipité. Insoupçonnables, insoupçonnés. Nous avions à peine quitté le camping des Naïades que j'attaquai Charles, sans ménagement, pour ne pas lui laisser le temps de peaufiner des mensonges ou des arrangements avec la vérité :

– Est-ce que tu as tué le garagiste pour que je reste plus longtemps au camping ?

– Pardon ?

– Allez, fais pas l'innocent, Churchill… Est-ce que tu l'as tué pour que je reste ?

Charles a souri, un peu bêtement, avant de pousser un long soupir. Visiblement, je le gonflais. Il a tout de même voulu savoir ce que les gendarmes avaient trouvé. Ça l'intriguait, ça. Ça titillait sa curiosité, sans pour autant l'inquiéter le moins du monde. Un jour, cette assurance le perdrait, j'en étais persuadé. À charge pour moi d'être le plus loin possible de lui.

– Tu as éteint la lumière en partant.

– Ah.

– Personne ne se suicide dans le noir.

– Quel idiot je fais…

– Et donc ? Tu l'as tué pour que je reste ?

– Eh bien, oui. J'apprécie beaucoup ta compagnie, Dino. Et tu sais, tu es un excellent guide. Tu m'as montré plein de choses sur… la vie.

– La vie des gueux, je sais. Tu te rends compte que je me retrouve responsable de la mort de quelqu'un ?

– C'est faux. Tu n'y es pour rien. Tu n'as rien fait.

– Et le petit Rykaard ? Il t'avait fait quoi ?

– Oh je te jure, il était insupportable. Un grand con, si tu veux mon avis. Il ne parlait pas, il hurlait. Il ne riait pas, il aboyait. Je crois qu'il agaçait tout le camping et que j'ai rendu service à tout le monde.

– Tu l'as assassiné parce que c'était un ado stupide et bruyant ?

– Oui, voilà.

– Et juste pour savoir, l'Anglaise. Celle des chiottes. C'est toi ?

– J'appellerais ça une opportunité. Une occasion, si tu préfères. Je passais vers les sanitaires et je l'ai vue entrer, toute pâle, en se tenant le ventre. Elle avait dû boire pas mal de Guinness. Je l'ai suivie. Elle était en train de vomir, à genoux devant la cuvette. J'ai attrapé son bassin et je l'ai soulevée, la tête en bas. Elle s'est noyée dans son vomi, je crois. Comme le batteur de Led Zeppelin.

– Dis-moi, Charles, tu as déjà fait ça, avant ?

– Eh bien, c'est-à-dire que…

Charles m'a avoué ne pas en être à son coup d'essai. Il y avait eu un de ses éditeurs, pour une sombre histoire de pourcentage. Celui-là s'était défenestré, en plein Paris. Il y avait aussi eu un critique littéraire, récemment. Un type de la revue *Transfuge*, qui avait eu la mauvaise idée de descendre son dernier roman. Pour lui, ç'avait été un coup de couteau dans le ventre, à son domicile, le tout maquillé en cambriolage qui a mal tourné. De façon assez amusante, alors que je lui faisais remarquer qu'il se débarrassait des gens par intérêt, Charles s'est insurgé. Ah non ! Pas uniquement. Il tuait gratuitement, parfois. Un peu comme Rykaard ou l'Anglaise à la cuvette. Ainsi, pour risquer sa vie, nul besoin d'aller jusqu'à nuire à Charles : l'importuner suffisait.

– Finalement, dis-je, tu es un tueur en série du bon goût ?

– Oui, ça me plaît, tiens…

– Tu tues par snobisme, Charles. Tu t'en rends compte ?

Charles a souri, satisfait de cette révélation : il était le premier tueur en série snob. Et, le plus naturellement du monde, il a allumé la radio. France Musique. Schubert, je crois, a envahi l'habitacle de façon presque indécente. Comme si j'étais sa meuf et que nous rentrions tranquillement de vacances. C'était incroyable. De mon côté, je ne parvenais pas à effacer les images de l'Anglaise, les pieds en l'air, la tête au fond des W-C, de l'ado noyé dans la pataugeoire ou encore du garagiste pendu malgré lui. Les films de serial killers sont au cinéma ce que le panini est à la gastronomie ; pourtant, j'en ai vu des centaines, comme nous tous. Et dire que Charles cochait toutes les cases de ces fous furieux ! Tuait-il des chats, enfant, en leur enfonçant des pétards mammouths allumés dans le cul ? Disséquait-il des grenouilles vivantes, punaisées à plat sur des dessous-de-plat en liège ? Peut-être bien. On ne devient pas tueur au sang froid sur le tard. Ce n'est pas un hobby qui vous tombe dessus avec la crise de la quarantaine. C'est une identité totale, encore bien plus que celle d'écrivain. C'est un métier, j'ai envie de dire : un vrai.

J'observais Charles du coin de l'œil. Il conduisait tranquille, les mains à dix heures dix, une esquisse de sourire insupportable aux lèvres. Quel bâtard, j'ai pensé. Bâtard qui m'avait entraîné dans une complicité, certes homéopathique, mais bien réelle. Je m'étais débarrassé des mocassins italiens et je l'avais sauvé. Aujourd'hui encore, je ne m'explique pas ce qui m'a pris. J'aurais dû téléphoner à Florian ou, au pire, ne rien faire, ne rien dire, laisser les gendarmes tomber dessus lors de leur perquisition et lui demander innocemment où était le gland en cuir manquant. Je ne l'avais pas fait pour une raison très simple, j'avais voulu protéger Charles. Or, on ne protège que des proches. C'était sans doute ce qui me meurtrissait le plus : il avait créé un lien entre nous. Il m'avait aspiré.

Schubert m'a assez rapidement gonflé et, sans demander l'autorisation, j'ai changé de station. Un peu de légèreté nous ferait du bien. Radio Nostalgie. Claude François. *Alexandrie, Alexandra.* Oups. Grosse faute de carre. Contre toute attente, Charles n'a pas réagi. Était-il guéri ? Avait-il oublié que sa Monique d'épouse avait traversé le pare-brise de leur Simca 1100 un 11 mars 1978 ? Toujours est-il que mon Chuck n'a pas cillé. Il s'est mis à battre la mesure du pouce sur le haut du volant, un sourire comme une limace sur la bouche. Merde : il était amoureux ! Cette face d'imbécile heureux, Cloclo qui ne lui faisait plus ni chaud ni froid, c'était signé Cupidon.

– Tu as eu le temps de dire adieu à Johanna ? lui demandai-je.

– Bien sûr. Mais je ne lui ai pas dit adieu.

– Vous allez vous revoir ?

– On ne va plus se quitter tu veux dire. C'est du sérieux, crois-moi.

Je n'avais absolument rien à redire à tout cela. J'ai même pensé que Charles était plus malin que moi, dans la vie. Il avait toujours eu ce qu'il voulait, il allait chercher les choses et les biens, il se bougeait, quoi !

Peut-être un peu rigide parfois, mais tellement adulte, tellement homme, tellement bourgeois. Et, oui, je l'ai envié. Sa fortune, son succès, et maintenant l'amour. On lui barrait la route ? Il dessoudait. On se contentait de l'importuner ? Il noyait. Au volant de sa Bentley GT Continental qui fendait l'A7, Charles était une sorte de super-humain, le prédateur tout en haut de l'échelle alimentaire.

22

Le gigolo est mort : vive le gigolo !

Le site le plus visité du Luxembourg n'est ni le palais royal, ni le musée d'art contemporain, ni rien de ce à quoi on pourrait s'attendre. Le site le plus visité du Luxembourg est l'aire d'autoroute de Berchem. On y trouve ce que ce pays a de mieux à offrir aux frontaliers et aux Européens de passage : de l'essence et des clopes moins chères qu'ailleurs. Cette station-service Shell, démesurée par sa taille et par le nombre de cartouches de cigarettes vendues, qui compte un McDonald's et un café Starbucks, contient en elle-même toute la quintessence du Luxembourg. Elle est la parfaite métaphore du Grand-Duché, un pays où l'on ne fait que passer et où l'on ne vient que pour l'argent. Une banque, quoi, avec le petit plus d'une décoration sympa : la famille royale. Le grand-duc et sa smala ne représentent en effet pas grand-chose de plus qu'une sorte de papier peint un peu kitch.

Je n'étais pas parti longtemps, mais assez pour que cela me fasse quelque chose de revenir ici. Je dirais bien dans *ce pays d'adoption*, mais il y aurait abus de langage, abus de Luxembourg. Non, le Luxembourg n'adopte pas. Personne. Il a ses Portugais et ses Capverdiens pour faire la plonge dans les restaurants, il a ses Français pour faire la cuisine et le service, il a ses Ukrainiennes pour faire l'adultère et il a ses Belges et ses Anglais pour faire la banque. Mais il n'a jamais de citoyen adopté. Ce n'est pas dans les mœurs. Et même si vous obtenez leur nationalité, vous ne le serez jamais, comme eux, dans leurs campagnes, dans leurs soirées, dans leurs cœurs. Ces gens sont seuls contre tous. Alors peut-être qu'avec les milliardaires qui viennent ici trouver des solutions de placements, ou plutôt de dissimulation de capitaux, ils sont plus cool, plus avenants, plus je te serre la main et je mouille en même temps. Mais si vous êtes un gigolo des Buers, l'accueil est à peu près aussi froid que celui de la France insoumise à l'Assemblée nationale. Et pourtant, c'était chez moi. Il avait fallu que j'en sois chassé pour réaliser que j'aimais ce pays.

Comme Charles engageait la Bentley sur le boulevard d'Avranches, direction Sandweiler, j'ai éprouvé l'étrange sensation de me rapprocher de la maison. Jamais je n'aurais cru ça possible, mais je réalisai que le pays m'avait manqué. Le Come Prima, les gens qui traversent aux passages piétons, le civisme, la place d'Armes, le claque de la grosse Tania, les restaurants de la place Dargent, tiens, rien que ça, place Dargent, un tel nom, ça ne s'invente pas ! Ce pays est le seul au monde qui contient les mots *luxe* et *bourge* dans son nom. Un pays où j'avais mes marques, un pays dont je connaissais chacune des ruelles pavées, chacun des barmans, chacune des bonnes adresses et chacun des parcours de course. Simple, c'était chez moi.

Nous sommes arrivés à Kirchberg, le quartier de Lucienne, un peu après seize heures. J'ai guidé Charles jusqu'à la montée du val des Bons-Malades, *ma* rue. Nous nous sommes garés, j'ai clopiné jusqu'à la porte… et advienne que pourra ! Je n'étais pas totalement perdant, dans mon esprit. J'aurais même plutôt eu tendance à revenir ici en conquérant. Il faut dire qu'au téléphone, Lucienne m'avait semblé quasiment sous influence. Sa voix, ses intonations, c'était une Lucienne diminuée, tronquée. Étant moi-même handicapé, avec mon plâtre, peut-être allions-nous nous retrouver sur nos infirmités ?

C'était la première fois de ma vie que je sonnais à cette porte. J'avais tout de suite eu les clés, après notre première soirée, qui s'était terminée sur le canapé en cuir douze places du coin lounge. Et le bip du garage, et les voitures, j'avais toujours tout eu dans cette maison. Sans compter qu'avant l'AVC de Macha, nous avions vécu ici seuls, Lucienne et moi. Seuls et amoureux. Oh pas un couple extraordinaire, pas des gens plus malins que les autres, non, juste nous. Ici.

Me reprendras-tu ?

M'as-tu vraiment aimé, comme je le crois ?

Je sonne à la porte. Je me sens comme dans le box des accusés, mon avocat a jacté, la partie civile a bavé, et le jury doit maintenant livrer sa décision. Coupable ? Innocent ? Prison ferme ? Ça existe, les bracelets électroniques, pour le cœur ? La porte s'ouvre. Lucienne me dévisage, me sourit, et je sais qu'elle est soulagée de me voir. Ceux qui vivent ensemble et s'aiment se connaissent par cœur. Ils ont d'ailleurs tendance à attribuer cette hyper-connaissance de l'autre à l'amour, mais ils se trompent : c'est la proximité. Les détenus qui passent dix ans dans la même cellule se connaissent par cœur, eux aussi, et je ne suis pas certain qu'ils aient le sentiment d'avoir eu une vie de couple. Toujours est-il que Lucienne était soulagée de me voir.

– Je te présente Charles, un ami. Charles, c'est Lucienne.

– Je suis enchanté de faire votre connaissance, très chère Lucienne.

– C'est bien que tu sois rentré, Dino. C'est bien. Oh ! mais ta jambe ? Qu'est-ce que tu as fait, c'est pas vrai, *mäi Gott* !

– En courant, ai-je éludé.

– C'est cassé ?

– Oui. Mais c'est rien, je t'assure. Mais toi ça va ? Qu'est-ce qui se passe ici ?

– La tante Paule est morte, Dino.

– Ah. La sœur de Macha, c'est ça ?

– Oui. Elle est morte avant-hier, je dois tout gérer. Et cette histoire avec Jean-Pierre, je n'ai vraiment pas besoin de ça, je t'assure.

Lucienne nous a fait entrer dans la cuisine, où elle nous a servi des expressos. Debout devant l'îlot central, je l'écoutai se mettre à table tandis que Charles touillait méthodiquement son café, en silence. Lucienne m'a raconté que Chiant-Pierre et elle s'étaient rapprochés, après mon départ. Nul besoin de dessin. J'évitai soigneusement de lui faire le moindre reproche, même si je trouvais cette romance un peu trop rapide à mon goût. Mais ce qui avait été encore plus rapide, pour Lucienne, ç'avait été la déception. Notre Chiant-Pierre était en effet ce que l'on qualifie en France de mari violent et qu'ici on appellerait pudiquement un homme qui sait ce qu'il veut.

– Le fils de pute ! ai-je lancé : faut vraiment être le fils de personne pour frapper une femme. Il est où ?

– Calme-toi, Dino. Je ne veux pas de violence, d'accord ? Il y en a assez eu, justement.

– Mais comment veux-tu que je me calme ? Il a levé la main sur toi ?

– Dino, plus tard, s'il te plaît. Je dois gérer l'enterrement de la tante Paule avant toute chose.

– Il mérite une branlée. C'est tout.

C'est exactement ce que devait penser Macha, à en juger par son œil haineux. Elle venait d'entrer dans la pièce, la main droite crispée sur le joystick de son fauteuil roulant. Elle avait presque l'air heureuse de me voir, la belle-mère, c'est dire si Chiant-Pierre avait dû y aller fort. Macha a avancé son carrosse devant moi : elle avait l'allure d'une version merdique d'un Transformers. Nous sommes restés un moment comme ça, les quatre, sans bouger, sans parler, Charles adossé au plan de travail, à côté de la collection de couteaux de cuisine en céramique alignés dans leurs fourreaux en verre. Silence pesant, suspendu entre rien et peau de balle.

– Vire-le, ai-je dit.

– Mais, Dino, je…

– Stop, Lucienne. Je suis ton homme, tu le sais très bien. Il s'est passé ce qui s'est passé, mais nous deux c'est nous deux. Je suis là.

Lucienne n'a pas eu le temps de peser le pour et le contre, encore moins celui de me répondre. Chiant-Pierre se tenait dans l'embrasure de la porte, en robe de chambre. Il avait tout entendu. Fou de rage, il en bavait, le porcin. « Tu veux rentrer à la maison, maudit Français ? Mais t'as pas de maison, chien. Pas de maison. » Il m'a encore copieusement insulté, avant de s'en prendre à Lucienne, qui se liquéfiait sur place. Et c'était qu'une vieille salope, et jamais il ne partirait, et c'était chez lui, ici, maintenant. Si je n'avais pas eu les béquilles et le plâtre, j'aurais traversé la cuisine pour lui assener la branlée que personne ne lui avait jamais mise, une vraie, pas juste des tartes, non, celle où on ramasse ses dents avec les doigts cassés. Oh oui, j'aurais aimé la lui mettre, sa correction, façon Buers. Lui et moi, c'était un peu comme si les îles Fidji déclaraient la guerre à la Russie. Alors j'avais un plâtre à la cheville, c'est certain, mais je me tenais prêt. Si tu bouges, mon connard, je te mords les tibias, je t'arrache le foie, je te crève les yeux.

Chiant-Pierre a sonné le glas. Fini : tout le monde dehors.

Allez, les Français fils de pute : vous retournez dans votre pays de merde ! Lucienne a vaguement tenté de calmer le jeu, elle a dit un « Mais calme-toi, enfin, Jean-Pierre », qui a eu sur le con l'effet d'un détonateur. Il a traversé la cuisine en deux enjambées et lui a collé la gifle de sa vie, si forte que Lucienne s'est retrouvée à terre. « Vous ne devriez pas faire ça, jeune homme », a dit Charles. Chiant-Pierre, pas tout à fait rassasié, s'est encore avancé, pour remettre une rouste à Lucienne. Prenant appui sur ma seule jambe valide, je lui ai sauté dessus. Nous avons dégringolé sur le carrelage. Par chance, je suis retombé sur lui, et non l'inverse. Mon bras droit autour de son cou, fermement serré, je lui collais des coups de poing dans le nez, du gauche. En toute honnêteté, je peux dire que j'avais pris le dessus sur lui. Pour le dire de façon un peu plus crue, en langage Buers : je lui cartonnais la gueule. Aucune chance, le coton-tige. C'est pourquoi je n'ai pas bien compris la réaction de Charles : il a attrapé un couteau de cuisine en céramique et l'a planté une demi-douzaine de fois dans le dos de Chiant-Pierre, pour je pense autant de coups mortels.

Je ne m'attendais à rien de particulier, pour nos retrouvailles. Je n'avais pas tenté de visualiser dans quelle pièce cela se ferait, ni les habits que porterait Lucienne. Je n'avais pas non plus essayé de deviner les premiers mots qu'elle prononcerait. J'avais bien fait. Comment aurais-je pu deviner que cela se ferait dans les toilettes du rez-de-chaussée, Lucienne à genoux en train de vomir dans la cuvette et moi lui tenant les cheveux ? Avec le recul toutefois, je n'aurais pu espérer mieux. Lucienne avait besoin de moi et j'étais là. Après s'être passé de l'eau sur le visage, elle s'est blottie contre mon torse et je l'ai enserrée. La vie ne serait plus comme avant, c'était certain. Nous avions, entre autres, un cadavre à gérer. Cela étant, le carnage de la cuisine n'était pas le seul responsable de notre rapprochement. Nous étions surtout les aimants qui se retrouvent, le plus et le moins dont les champs magnétiques se rejoignent.

– Qu'est-ce qu'on va faire, Dino ? Hein ?

– Je ne sais pas. Il faut réfléchir. On va trouver.

– Il faut que j'appelle Daniel Schwartz.

– Le flic ? Surtout pas. On va trouver, je te dis.

– Mais trouver quoi, enfin, Dino ?

J'avais bien une réponse à faire à Lucienne : *Ne t'inquiète pas, Charles est habitué, il a déjà tué des dizaines de personnes, il va nous arranger ça.* Pas certain que ça l'aurait rassurée et, dans le doute, je m'abstins.

23
La Maison Schaack

La tante Paule reposait en paix, dans un cercueil Impérial à six mille huit cent quatre-vingt-dix-neuf euros qui trônait au fond du salon mortuaire de la Maison Schaack. Macha, dans son fauteuil roulant, n'atteignait pas le haut du cercueil. Elle ne pouvait pas voir le corps de sa sœur, elle attendait. Avait-elle conscience que la prochaine fois qu'elle passerait le seuil de la Maison Shaack, ce serait en position allongée ? Certainement. Sa sœur aînée était l'ultime rempart, avant son propre tour, ce qui représentait une double fracture.

Lucienne, quant à elle, était trop stressée pour être éplorée.

La famille ? Pas grand monde. La Paule n'avait pas eu d'enfant, pas faute d'avoir essayé, et avec plusieurs maris. Au final, une petite vingtaine de personnes était réunie pour cette mise en bière, dont Charles et moi. J'ignore si Lucienne était rassurée ou non d'avoir encore Charles parmi nous. Elle avait en tout cas découvert, comme moi peu de temps avant, la façon si particulière qu'il avait de régler les conflits, à savoir l'assassinat. Une certitude : ni Lucienne ni Macha n'avaient intérêt à ce que l'on sache comment Chiant-Pierre avait terminé sa vie, la veille : avec des rafales de coups de couteau en céramique Villeroy et Boch dans le dos.

L'officier de police judiciaire chargé d'apposer les scellés sur le cercueil a fait son entrée, les narines en avant, la cravate texane légèrement de travers. Daniel Schwartz. Celui qui m'avait viré du paradis, pour le coup du banquier saoul. Celui qui avait eu la brillante idée de m'envoyer en vacances dans le Sud. Il était partout décidément, celui-là. Je me suis fait la réflexion qu'il ne devait pas être le cador de la brigade, pour qu'on lui confie ce genre de mission. Peut-être même était-il ostracisé, envoyé par sa direction sur tous les plans foireux ou sans intérêt, les bagarres entre Français et Belges dans des bars à putes, les crémations, que sais-je encore. Il avait évidemment la même allure que la fois précédente, celle d'un paysan que je soupçonnais de sentir un peu la transpi. Il avait ce regard qui fouinait, ce regard qu'ont tous les flics lorsqu'ils pénètrent sur une scène de crime. C'était, disons, déplacé. Que pouvait-on bien trouver de louche à une crémation, je vous le demande ?

Lucienne a pris ma main et l'a serrée si fort que j'ai failli en laisser tomber ma béquille. Elle avait peur, elle jetait des coups d'œil affolés au fils aîné des Schaack, qui allait d'une minute à l'autre fermer le cercueil. Au fond du salon mortuaire, Charles attendait, discret, fidèle, comme le fils de bonne famille qu'il était. J'ai alors pensé à la scène de la mise en bière de la mère de Gérard Darmon, dans *37°2 le matin*, quand Jean-Hugues Anglade s'endort debout et arrache un rideau en se cassant la gueule. J'ai souri pour moi-même. J'aurais aimé pouvoir transmettre un peu de ce sourire à Lucienne, tétanisée. Je la comprenais, évidemment. Nous débarrasser du corps de Chiant-Pierre avait généré beaucoup d'émotions. Elle avait assuré, il faut lui rendre justice. Je craignais cependant qu'elle ne craque au dernier moment, à savoir maintenant. Car tout se jouait ici.

Le moment de vérité.

Daniel Schwartz s'est approché du cercueil. Oui, il sentait la transpiration. Décidément, je ne l'aimais pas, ce type. Et puis on ne se méfie jamais assez de quelqu'un qui porte une cravate texane. Le fils Schaack tenait le couvercle du cercueil un peu comme un surf, pour le dernier et ultime ride de la tante Paule. Par terre, une visseuse Black et Decker qui servirait à fixer les écrous. Une scène figée. Allez, qu'on en finisse… Lucienne s'est penchée sur le cercueil pour embrasser sa tante une dernière fois. Je l'ai regardée faire. Elle était émue, moi pas tellement. La tante Paule, je la connaissais, bien sûr. Mais j'avais présentement d'autres soucis. Et puis ça a été la catastrophe. J'ai machinalement regardé les pieds de la tante et remarqué que le drap de soie qui recouvrait le corps avait bougé. Rien de dramatique en soi, si ce n'est qu'il y avait quatre pieds au lieu de deux.

Par un miracle assez inexplicable, notre ami texan n'a rien vu.

Lucienne et moi-même nous sommes reculés, pour laisser Schaack officier. Cet abruti a mis une éternité à placer le couvercle sur le cercueil et a bien failli provoquer une crise cardiaque : la mienne. Je ne me suis mis à respirer à nouveau normalement que lorsqu'il s'est baissé pour prendre sa visseuse. Adieu, la Paule. Adieu, Chiant-Pierre. Dix minutes plus tard, les employés de la Maison Schaack poussaient le cercueil dans le corbillard Hummer. Décidément, à Luxembourg, personne n'a de voiture comme les autres, pas même les morts. Le

Hummer avait un petit côté Notorious Big en léger décalage avec la tante Paule, mais ni Lucienne ni sa mère ne s'en offusquèrent. L'essentiel, c'était que le corbillard partait pour le cimetière de Hamm. Tout était fini, enfin. Lucienne, soulagée, s'est tournée vers moi et m'a souri pour la première fois en vingt-quatre heures. Un sourire qui voulait dire : Je n'arrive pas à croire qu'on ait fait ça.

Et pourtant si, on l'avait fait. Dans cette cuisine de Kirchberg, Lucienne, sa mère, Charles et moi nous étions unis pour toujours, dans le crime.

Après l'avoir dégagé du corps de Chiant-Pierre, Lucienne s'était assise par terre, dans le sang, et s'était mise à sangloter. Nerveusement, évidemment. Charles s'était relevé, avait balancé le couteau dans l'évier et avait juste dit : « Là, c'est la merde. » Excellente analyse, Chuck. C'était en effet la merde. Lucienne était au bord du malaise et je l'ai accompagnée tant bien que mal jusqu'aux toilettes, où je l'ai aidée à vomir. Les retrouvailles, nos retrouvailles !

De retour dans la cuisine, Charles était planté devant Macha, qui beuglait.

– Elle a quelque chose d'important à dire, on dirait, a dit Charles, mais je ne comprends pas.

– Que dis-tu, maman ?

– Moooooo… Aaaaaak.

J'avais déjà du mal avec la langue luxembourgeoise, alors le luxo-AVC, ce n'était pas la peine de compter sur moi. *Mon sac* ? *Monarque* ? *Moon light* ? Charles avait raison, malgré tout, Macha ne geignait pas, elle communiquait. Elle répétait des « Moooooo… Aaaaaak » dégueulasses que Lucienne, par je ne sais quel miracle, parvint finalement à traduire. Deux mots. « Maison Schaack. » Mais ça n'a pas fait tilt pour autant et il a fallu que nous lui tirions les vers du nez, Charles et moi, que nous l'aidions à comprendre, à accoucher. Car la vieille avait raison, notre salut était là. Les Schaack. Une vieille histoire. Ulrich Schaack, le père fondateur, était amoureux de Lucienne, étant jeune. Il lui avait même demandé sa main, un peu tard, un riche industriel allemand qui deviendrait le mari de Lucienne l'ayant doublé de quelques semaines. La vie, c'est quasiment toujours une question de timing. Fait-on de vrais choix, d'ailleurs ? Pas souvent. On s'adapte à ceux des autres, qui découlent des choix d'autres encore, dans une chaîne d'or, une pyramide loufoque et biaisée avec tout en haut le taulier, le Dieu ultime : l'Aléa. Toujours est-il que le père Schaack n'était pas seulement un amour de jeunesse. Le vieux devait en effet la survie de son entreprise et de sa famille à ma chère Lucienne. Dans les années 1990, à la suite de mauvais choix doublés de placements plus qu'hasardeux, la maison Schaack s'était retrouvée en faillite. Lucienne avait racheté l'entreprise et y avait laissé les Schaack. C'était l'époque où les deux fils avaient commencé à travailler avec le père, dans l'optique de reprendre la suite. Ils ne s'étaient pas avérés beaucoup plus malins que le daron, mais au moins étaient-ils assez frileux pour ne pas se lancer dans des investissements risqués. Ils s'étaient contentés de faire ce qu'ils savaient faire : débarrasser de ses macchabées la surface du Luxembourg.

Lucienne était donc patronne de la seule entreprise de pompes funèbres du Grand-Duché. Nous avions effectivement là un début de piste pour faire disparaître notre cadavre. Et la solution, c'est la série *Ozark* qui nous l'a donnée. C'est l'histoire d'une famille qui se voit dans l'obligation de blanchir les millions de dollars d'une organisation mafieuse. Le héros se retrouve dans une situation assez similaire à la nôtre, avec un cadavre sur les bras. Faisant d'une pierre deux coups, il investit dans la boîte de pompes funèbres des Monts Ozark, qui dispose de son propre four crématoire, et, un soir, après le boulot, il y descend son mort pour le rôtir.

La seule chose qu'il nous restait à définir, c'était le niveau de loyauté ou de soumission à l'égard de Lucienne des enfants Schaack. Sur ce point, Lucienne m'a immédiatement rassuré : Kurt et son frère aîné Adolf lui étaient totalement dévoués. Elle avait sauvé toute la famille en les rachetant, quelque trente ans auparavant. Et au-delà de ça, la solidarité entre Luxembourgeois est telle qu'à côté d'eux les Corses pourraient passer pour des donneuses. Ça, c'était vrai, je le savais. Pourtant, j'avais des réserves. Je doutais que cette solidarité, qui confine à la consanguinité, aille jusqu'à faire disparaître un cadavre. Pourtant, si. Lorsque Lucienne a téléphoné à Adolf pour lui demander de rappliquer sur-le-champ, il s'est exécuté. Dix minutes plus tard, il toquait à la porte. En costard, le nœud de cravate impeccable, le sourire un peu triste du professionnel de la mort accroché sur la bouche. Flippant. Près à vous enterrer, à n'importe quelle heure du jour ou de la nuit. Il avait toutefois un petit air d'Harvey Keitel dans *Pulp Fiction* qui m'a rassuré.

Une fois dans la cuisine, Adolf n'a pas poussé de grands cris. Il n'a pas demandé qui était Chiant-Pierre. Il avait la discrétion des croque-morts efficaces et une espèce de bonne éducation qui lui interdisait d'être curieux. Mon optimisme a toutefois rapidement été cassé : les Schaack n'avaient pas de crématorium à eux. Douche froide. J'étais même en train de me demander s'il ne nous faudrait pas aussi éliminer Adolf, qui venait de passer du statut de sauveur à celui de témoin gênant, lorsqu'il s'est tourné vers Lucienne :

– Il n'est pas bien épais, votre ami, Lucienne.

– Certes. Et ?

– Vous avez pris le modèle Imperial, pour votre tante. Un excellent choix, d'ailleurs. C'est très… spacieux.

Une idée de génie, ne restait plus qu'à mettre en place la logistique, ce qui n'a du reste pas été très compliqué. Adolf et Charles se sont chargés d'aller glisser Chiant-Pierre dans le cercueil de la tante Paule. Un double cheese.

Pendant ce temps-là, Lucienne s'était affairée en cuisine. Et pas pour faire à manger.

Armée du balai espagnol de la bonne portugaise, elle avait épongé les litres de sang qui souillaient le carrelage. Ça avait été long, fastidieux, et mon état ne m'a pas permis de lui donner un coup de main mais, en un peu moins de deux heures, tout était réglé. Adolf avait ramené Charles à la maison, où Lucienne lui avait déjà préparé une chambre, à l'étage. De mon côté, je me suis écroulé dans mon lit, épuisé par une journée de route et de France Culture et par une soirée de complicité de meurtre.

Après l'enterrement, Charles a fait monter le fauteuil roulant de Macha par le hayon, à l'arrière du Mercedes Vito, et il a pris le volant. Lucienne s'est installée à l'arrière, aux côtés de sa mère. Je suis moi-même monté à l'avant, à la place du mort. Charles nous a ramenés à Kirchberg, où Lucienne avait fait livrer un buffet d'antipasti du Come Prima. Les quelques membres de la famille, ainsi que la famille Schaack au grand complet, sont venus nous aider à manger les tomates et les poulpes marinés tout en éclusant des verres de Roagna, Barolo Pira 2011.

J'étais chez moi. À bien y réfléchir, absolument rien d'autre ne comptait. Rykaard, l'Anglaise, le garagiste, Chiant-Pierre : rien à cirer. Lucienne est venue se lover contre moi, m'a demandé si tout allait bien : oh oui. J'étais soulagé, tellement soulagé. Tandis que les invités allaient et venaient dans le salon, Charles a traversé la pièce, sa valise à roulettes à la main. Il est venu droit sur Lucienne et moi, pour nous saluer. Il prenait congé, témoignant ainsi d'un sens aigu du timing. Il était temps, en effet, que nos routes se séparent. Lui Johanna, moi Lucienne, nous retrouvions chacun nos vies.

– Je vais partir, Dino.

– OK. Merci encore pour…

– Service. C'est pour le coup des chaussures.

– Je t'accompagne.

Nous sommes descendus dans le garage par les escaliers, exercice que je ne maîtrisais pas encore totalement, avec mes béquilles. Je suis toutefois arrivé en bas sans encombre et, cette fois, ça y était, nous y étions, aux adieux. Peut-être qu'un jour nous partirions tous ensemble en vacances, qui sait ? Cette idée me fit sourire, tandis que Charles chargeait sa valise dans le coffre de la Bentley. Je ne sais pas pourquoi j'ai regardé dans le coffre, à ce moment-là. J'aurais mieux fait de regarder ailleurs, car ce que j'ai vu ne m'a pas plu. Des cheveux. Sous une bâche. Sous les affaires de Charles. Les superbes cheveux de Johanna. Charles a vu que j'avais vu, il a refermé le coffre d'un geste déterminé, m'a souri et a dit :

– *Gimme hope*, Dino !

– Putain, Charles, non… Pourquoi ?

– Elle ne voulait pas revenir à Paris. Comprends ma position…

– J'hallucine ! T'es pas bien ? Tu amènes un cadavre sous mon toit, bordel ? Et tu… tu m'as fait traverser toute la France avec elle dans le coffre ?

– Dino, pour commencer, t'étais pas si regardant pour l'autre cadavre sous ton toit. Non ?

– Ça n'a rien à voir, putain…

– Ah bon ? Ça n'a rien à voir parce que l'autre, ça t'a bien arrangé ?

– Ne dis pas ça.

– Allez, allez… Je pars, Dino. Je n'ai pas envie que l'on se fâche. Pas avec tout ce qu'on a vécu.

– Tu vas en faire quoi, de Johanna ?

– J'ai mon coin, au Champ-de-Mars.

J'ai mon coin, au Champ-de-Mars. Charles m'a sorti ça comme s'il avait parlé d'un coin à champignons. C'était un amputé de l'empathie, je crois, qui ne considérait ses meurtres que du point de vue de la logistique. C'est mal, de tuer : c'est pas grave, j'ai mon coin au Champ-de-Mars. Inutile d'essayer de le raisonner puisque ce n'était justement pas un problème de raison. C'était un problème de monde parallèle : le sien. Charles n'évoluait pas dans la même réalité que vous et moi. Et j'y avais mis un pied, dans son monde. Complice un jour…

24

Didon et Énée

Cela faisait une semaine que la tante Paule, Chiant-Pierre et Charles nous avaient quittés, chacun à sa façon. Nous avons eu droit à la visite de la police, deux enquêteurs en jean et baskets, la quarantaine, prétentieux et surtout inefficaces, puisqu'ils ont gobé ce que Lucienne leur a servi sans poser de questions. Chiant-Pierre avait décidé de partir, il s'ennuyait, il voulait voyager. Il avait parlé d'Italie. Circulez.

Avec Lucienne, nous avons pris le parti de poursuivre une vie normale, afin de n'éveiller de soupçon chez personne. Hors de question par exemple de ne pas aller au Grand Théâtre de Luxembourg, pour un opéra dont Lucienne avait acheté les places depuis longtemps. Poursuivre une vie normale, faire comme si, serrer les fesses un petit peu quand même.

Un opéra… Ce n'était évidemment pas la première fois qu'elle m'imposait cette épreuve, en vingt ans. L'opéra, cette anomalie, ce fossile, ce dinosaure miraculé de la culture. Seule l'élite s'intéresse à ce spectacle qui n'a plus lieu d'être. Pourquoi pas apprendre le grec et le latin, tiens, pendant qu'on y est ? Bon entre nous, le vrai problème de l'opéra, ce n'est pas l'opéra en lui-même : c'est quand on me l'impose. Je ne me souviens pas qui a dit ça : l'opéra, c'est ce truc qui dure depuis deux heures et, quand tu regardes ta montre, vingt minutes ont passé.

Ce soir-là, j'ai eu droit à la totale. *Didon et Énée*, un opéra baroque en anglais de la fin du XVIIe siècle, signé Henry Purcell. J'ai eu dès le départ un mauvais a priori. C'est quoi, ces noms pourris, Didon et Énée ? On se croirait dans un dessin animé, on se croirait chez Castor et Pollux mais avec des problématiques d'opéra, Casimir a pécho Heidi, mais Son Goku est disposé à sacrifier son empire pour la reprendre. Le tout, fatalement, au pays de la Grèce antique, qui n'est finalement qu'une sorte de label, de marque déposée. La scène se déroule en Grèce, avec des mecs en jupe et en sandales, donc c'est brillant, donc c'est intelligent. Super important, la Grèce.

Le metteur en scène avait décidé d'être moderne, c'est-à-dire qu'il avait glissé dans le spectacle des choses d'aujourd'hui. Je serais incapable d'expliquer en quoi immiscer des anachronismes dans un vieux récit lui apporte quelque chose de moderne. Toujours est-il que derrière l'orchestre symphonique, au fond de la scène, des hommes et des femmes effectuaient des acrobaties presque dangereuses. J'avais lu, sur le programme, qu'il s'agissait d'une école de cirque. Ah. Très bien. Au premier rang, les chanteurs. Dit-on comme ça ? Ça m'étonnerait. L'un des premiers à se lancer était un barbu, torse nu, recouvert de colliers imitation or. Sur la tête, une couronne, visiblement collée sur un bonnet de piscine. Pourquoi pas. Il avait un petit air des Ch'tis à Mykonos, mais pourquoi pas. Et il a commencé de chanter : il avait la voix de Lara Fabian. Un trans ? Peut-être. Pour couronner le tout, nous avons eu droit à quatre Noirs bien bâtis, en slip, qui se contorsionnaient dans tous les sens. Du hip-hop. Bon.

OK. Caution banlieue. Accessoirement, ces quatre Noirs représentaient la mort. La modernité, quoi. On mélange des choses qui n'ont absolument rien à voir, personne ne comprend et c'est là que réside le génie : imposer, avec le double label opéra-Grèce antique, une soupe totalement hétérogène. Une arnaque. Il ne manquait plus que Martin Fourcade débarque en skis nordiques et s'allonge au milieu de la scène pour effectuer son tir couché.

Dans le taxi qui nous ramenait à Kirchberg, Lucienne m'a posé la question que je redoutais.

– Alors ?

– Alors ? ai-je répété. Qu'est-ce que je t'ai fait, Lucienne ?

– Allez, espèce de ronchon, va... Tu n'as pas aimé ?

– Purcell aurait pu écrire *Game of Thrones*. C'est toujours les mêmes histoires, ils sont amoureux, les dieux montent un char pour tester leur amour, le type part à la conquête du monde et sa femme se suicide.

– Le sexe et la guerre.

– Je sais, c'est l'histoire de l'humanité.

– Ah non, Dino : c'est l'histoire des hommes, des mâles. Tant que vous êtes aux commandes, en effet, c'est à cela que nous avons droit. Il serait temps de laisser les femmes diriger les choses. Non ?

Je n'ai même pas répondu. Lucienne était coutumière de ces petites piques féministes, qui frisaient d'ailleurs le sexisme à l'envers, le sexisme anti-homme. Et qu'est-ce que j'y pouvais, moi, à la mainmise masculine sur la société, de l'Antiquité à nos jours ? Peut-on d'ailleurs considérer qu'un type vivant aux crochets de sa compagne soit un tenant de la dictature patriarcale ? Non. Absolument pas. Je dirais même que, de par mon statut, on aurait dû me ranger dans la catégorie des femmes. C'est d'ailleurs en me faisant cette réflexion que j'ai eu une révélation, dans ce taxi.

Je m'en souviens parfaitement, nous passions le pont Grande-Duchesse-Charlotte, que tout le monde appelle le pont Rouge et qui surplombe le Grund. Ce pont, tristement célèbre pour le nombre de suicidés qui le choisissent pour leur ultime saut. Eh bien c'est sur ce pont de suicide, ce pont de mort que je pris totalement conscience de qui j'étais : personne. C'était un peu comme si on avait mis du colorant dans mon sang et que, rapidement, tout le rouge avait viré. Le rouge du pont, le rouge de ma vie. J'avais cru que Macha était mon problème, j'avais insinué que Lucienne était mon problème, j'avais décidé que Chiant-Pierre était mon problème, ignorant que le seul problème de ma vie, c'était moi.

J'ai pensé à Charles, qui ne se laissait emmerder par rien ni personne. Quel bonhomme, ce type ! Moi ? Que dirais-je au soir de ma mort aux enfants que je n'ai même pas eus ? Si j'avais été quelqu'un de bien, je vous aurais au moins faits ?

Pathétique.

J'eus honte de moi.

Si j'avais été un homme, enfin je veux dire un adulte, je n'aurais pas eu cette vie-là. Je ne regrettais pas de passer ma vie avec Lucienne, loin de là : je regrettais d'être un ficus. Pourquoi nom de Dieu n'avais-je pas simplement fait quelque chose de mes dix doigts durant toutes ces années ? Vivre aux crochets de Lucienne, pourquoi pas après tout. Oui, pourquoi pas. Mais comment avais-je pu passer autant de temps à ne rien faire sans crever d'ennui ?

Je me suis tourné vers Lucienne, qui m'a fait un sourire. Elle a caressé ma joue. J'ai souri à mon tour à Lucienne, un sourire qui devait être étrange car elle a froncé les sourcils. Inquiète, elle a murmuré : Quoi ?

– Je crois que je fais un burn-out, ai-je dit, parfaitement sincère.

– Ah tiens, a-t-elle répondu.

– Je ne déconne pas. Je peux pas continuer comme ça, Lucienne.

– Qu'es-tu en train de me dire, Dino ?

Pour la première fois, Lucienne a senti qu'elle pouvait me perdre, que quelque chose se passait dans ma tête et que j'étais capable, au bout de vingt ans, de préférer la vraie vie au confort de Kirchberg. Ses yeux se sont brouillés. Elle a répété, à voix basse : « Qu'es-tu en train de me dire, Dino ? »

Ç'aurait été tellement pratique de la détester, de l'envoyer bouler, là, et de tout foutre en l'air. Mais encore une fois, c'était moi le problème. L'assisté. Le parasite. Le sac à main. Le problème, c'est que j'avais toujours été passif. J'ai planté mon regard dans le sien.

– Comment as-tu pu rester avec moi tout ce temps, Lucienne ?

– Tu me fais peur, Dino…

– Je n'ai jamais rien fait qui puisse te rendre fière.

– …

– Je n'ai jamais rien fait, tout court. Il faut que je travaille, Lucienne. Tu comprends ? Il faut que je fasse quelque chose.

– Mais bien sûr. Si tu veux tu…

– Il faut que j'entreprenne, que je crée de la richesse, je sais pas quoi. Je peux pas continuer comme ça. Je vais avoir cinquante ans et je n'ai rien fait. Je n'ai fait que te suivre, depuis vingt ans. Comment tu as pu supporter ça ?

– Nous avons profité de la vie, nous avons fait un milliard de choses. Je te trouve trop dur avec toi-même, Dino.

– Je sais que nous n'avons pas rien fait. Mais moi ? Je n'ai rien réalisé. Je n'ai quasi pas existé, tu comprends ? Sans toi, je veux dire, je suis quoi ? Rien. Je suis juste le type qui accompagne Lucienne.

– Eh bien, lance-toi ! C'est très bien. Fais quelque chose.

– Je vais être un autre homme, Lucienne. Si ça se trouve, tu seras même fière de moi.

– Je prends.

Ce soir-là, et pour la première fois depuis des mois, à vrai dire, Lucienne et moi avons fait l'amour. Lentement, sans heurt, sans virilité. Je suis, littéralement, entré en elle. C'était un peu comme si nous couchions ensemble pour la première fois et ce fut le dernier jour de ma vie de gigolo.

25

La Rosport Blue

Lorsque Tania m'a vu débarquer, à cinq heures du matin, elle m'a fait un grand sourire, elle a machinalement essuyé le comptoir devant elle et a attrapé une coupe pour me servir du champagne. J'ai arrêté son geste.

– T'aurais pas une Rosport Blue plutôt ?

– Tu déconnes, Dino ?

– Non.

– Bon. C'est quand même vingt-cinq euros. Tu sais, je fais pas limonade, moi, ici.

– Je sais.

Le bar était désert, les tables jonchées de tumblers, de coupes et de bouteilles vides retournées dans leur seau. On devinait encore sur les canapés les formes des hommes qui s'y étaient vautrés une bonne partie de la nuit. À l'étage, les plus friqués d'entre eux étaient en train de coucher avec des filles guère plus âgées que leurs petites-filles. Toutes avaient le cœur comme la serpillière que Tania allait bientôt passer sur le sol : humide et usé. Leurs passeports étaient dans le coffre-fort du bureau, au sous-sol, pour qu'elles ne se barrent pas comme ça, sur un coup de tête. Leurs traits étaient tirés, leurs seins fatigués et leur foie saturé. Des galériennes. Une vieille histoire, celle-là aussi.

Tania s'est assise sur un tabouret, de l'autre côté du comptoir.

Elle a trempé ses lèvres dans une coupe de champagne. Elle a enlevé sa chaussure gauche et commencé de se masser la voûte plantaire. Je n'étais décidément pas un client comme les autres. D'une certaine façon, j'étais surtout son dernier client. J'ai bu une gorgée d'eau gazeuse, posé mon verre et je me suis lancé, sans aucun préambule :

– Combien, Tania ?

– Pour monter avec moi ?

– Je déconne pas. Combien ?

Elle sembla soudain épuisée, comme si sa vie entière lui tombait sur les épaules, là, maintenant. Tania était intelligente, de cette intelligence de la rue, un mélange de vice et de pragmatisme amoral. Elle avait immédiatement compris le sens de ma question : je voulais lui acheter son bar. Elle réfléchit. J'ai eu une image, Tania à genoux et, devant elle, en file indienne, tous les hommes qu'elle avait sucés en quarante ans de carrière.

Quel prix, pour tout ça ?

Quel prix, pour ta vie, Tania ?

Ses yeux pétillaient d'additions et de multipliés. Ça carburait, là-dessous. Et le résultat est tombé. Un million d'euros, le pas-de-porte et les murs. Un beau compte rond, qui sonnait juste, qui claquait juste, même. Un million d'euros, le rêve d'une gamine yougoslave devenue apatride. Un million d'euros, c'est tellement beau, ce n'est pas de l'argent, c'est totalement autre chose, c'est mieux que un million deux cent mille : c'est un million d'euros !

J'ai pris ma bouteille de Rosport Blue et je l'ai posée dans l'évier, par-dessus le comptoir. J'ai fait un grand sourire. J'ai dit : « Tu nous ouvrirais pas une bouteille de champagne, Tania ? »

Me retrouver dans le bureau de Paul Drumond pour signer fut un moment assez savoureux. Il avait bien évidemment retiré sa plainte, après que Lucienne s'était émue d'une telle situation auprès de son supérieur. J'ai eu envie de lui dire que ça lui allait plutôt bien, son nouveau nez à la Alain Prost, mais Lucienne m'aurait engueulé à la sortie. Donc non.

On a signé.

Un million d'euros. Sacrée somme, pour un type comme moi. J'avais insisté. Toute l'aide que j'acceptais de Lucienne, c'était pour l'obtention du prêt. Elle aurait pu me donner cet argent sans que cela la fasse boiter, mais je voulais que ce soit mon affaire, ma sueur et, de fait, ma réussite. Lucienne ne s'en était pas offusquée, bien au contraire. Elle avait vu en moi un homme nouveau, un homme avec qui vivre et partager des choses et non plus une sorte d'adolescent avide d'argent de poche. Cette histoire a sauvé notre couple, notre vie.

Après seulement six mois d'activité, le cabaret marchait du tonnerre. Lucienne avait dû être un peu sceptique, au départ. J'en conviens. Racheter le claque de la grosse Tania, comme projet d'entreprenariat, on fait plus clean. Elle avait dû avoir peur que je passe mes nuits dans cet établissement, que je sombre dans une débauche sans retenue et finisse par lui causer des problèmes. Mais je l'ai très vite rassurée. J'ai fait faire des travaux qui ont transformé ce bouge ringard en cabaret classe, presque guindé : L'Europe. J'ai débauché Adriano du Come Prima et je l'ai bombardé responsable. On s'est mis à vendre du vrai champagne au lieu de la pisse d'âne que Tania refourguait. Et surtout, surtout, je n'y ai jamais mis les pieds passé vingt-deux heures. Lucienne n'en est pas revenue. Je le sais. Je me suis transformé.

Ce qui m'a changé ? L'argent. Parce que je le gagnais.

Dans ce genre de business, vous savez que vous avez réussi quand on vient vous racketter. Je n'ai pas échappé à cette pratique vieille comme le monde de la nuit. Il était quatre heures du matin lorsque j'ai reçu un appel d'Adriano. Jusque-là rien d'anormal. Sans doute un souci de clé ou d'alarme. Un peu tôt, toutefois, car à quatre heures du matin, à L'Europe, c'était le rush, les filles devaient courir dans tous les sens et les bouteilles de champagne se vider. Je n'espérais qu'une chose : ne pas être obligé de ressortir pour gérer la chose. Lucienne dormait et sa mère, toujours logée dans la chambre d'amis devenue sienne, également. En farfouillant dans le dressing, je ne manquerais pas de réveiller Lucienne, et en démarrant le Q7 dans le garage, sa mère.

Mais je n'ai pas eu le choix.

Adriano me téléphonait pour me prévenir qu'un type au comptoir demandait à parler au patron. Adriano avait répondu que j'étais absent et qu'il pouvait prendre un message, mais l'autre avait insisté : il voulait parler au patron. De quoi ? Des quatre pieds de la tante Paule. J'avais fait répéter Adriano, même si j'avais très bien entendu. Un client mystère, les quatre pieds de la tante Paule… Autant dire que j'ai sauté dans mon costume Armani à la même vitesse que Batman dans son collant et que j'ai pris quelques libertés avec le code de la route en chemin. Il m'a fallu moins de cinq minutes pour rejoindre le quartier de la gare, depuis Kirchberg.

Les quatre pieds de la tante Paule.

Durant le trajet en Q7, je réfléchis à l'identité du maître-chanteur, qui m'attendait au cabaret. Je n'ai pas eu à chercher longtemps À vrai dire, il n'y avait qu'une seule personne possible. Et il était installé au comptoir, une Bofferding à la main. J'ai demandé à Adriano de me servir une Rosport Blue, j'ai pris un tabouret et je me suis installé à côté de mon nouvel ami. Il avait toujours sa cravate texane, à croire qu'il n'avait pas changé de fringues depuis l'enterrement de la tante Paule. Daniel Schwartz était beaucoup plus malin qu'il n'en avait l'air. Était-ce un bon flic ? Aucune idée. En revanche, c'était un bon pourri. Un efficace, je veux dire. Lorsqu'il avait vu les quatre pieds qui dépassaient du cercueil, il avait eu le réflexe de se taire, de garder ça pour lui et d'attendre le bon moment avant d'utiliser cette information. Il lui avait fallu six mois pour se déclarer, six mois à nous observer, Lucienne et moi. Il avait suivi de très près la reprise et la réussite du cabaret et, aujourd'hui, il passait à la caisse, le plus naturellement du monde.

– Vous savez, monsieur Scalla, j'ai déjà travaillé pour vous ces six derniers mois, sans que vous le sachiez.

– Ah bon ?

– La famille Zern est effondrée. Ce sont des gens de Diekirch, dans le Nord. Ils ont déclaré la disparition de leur fils il y a six mois, et nous n'avons hélas pas avancé dans nos recherches. Un garçon brillant, ce Jean-Pierre.

– Il nous a dit qu'il voulait voyager. Il a parlé d'aller en Italie. Nous l'avons dit à vos collègues…

– Oui, bien sûr, l'Italie. J'ignore ce qui s'est passé, mais nous savons tous deux où repose le corps de Jean-Pierre. N'est-ce pas ?

– Qu'attendez-vous de moi ?

– Mais je veux vous aider, Dino. Je peux vous appeler Dino ? Oui ? Appelez-moi donc Daniel. Je vous disais, donc, que j'ai travaillé pour vous, Dino. J'ai enquêté sur la disparition de Jean-Pierre Zern, et j'ai clôturé l'affaire. J'ai surtout convaincu les parents que leur fils avait quitté le pays, refait sa vie ailleurs. Il y a des milliers d'adultes qui disparaissent de leur plein gré, chaque année. C'est dingue.

– Dingue.

– Évidemment, si un nouvel élément venait s'ajouter au dossier, je pourrais être dans l'obligation de rouvrir l'enquête. J'ai le pouvoir de faire exhumer un corps, vous savez.

– Combien ?

– Pardon ?

– Vous voulez combien ?

– Ne soyez pas vulgaire, Dino. Vous ne m'avez pas écouté ? Je vous ai dit que j'ai travaillé pour vous. C'est tout ce que je veux : continuer de travailler pour vous. Vous comprenez ? Surveiller vos arrières, protéger ce magnifique établissement… Vous savez, Lucienne est une personnalité très importante du Grand-Duché. Je fais ça aussi pour elle.

– Super. Combien ?

– J'ai pensé que pour dix mille euros par semaine, je pourrais vous éviter absolument tous les problèmes.

– Dois-je voir ça comme une sorte de… contrat d'assurance ?

– C'est exactement cela, Dino.

Inutile de dire que je ne pas hésité une seconde. C'était cher, très cher, mais je me payais en effet une assurance béton. Qui, mieux qu'un flic, pouvait me protéger des diverses mafias locales tout en mettant à ma disposition une oreille attentive dans l'administration luxembourgeoise ? J'étais refait, comme disent les jeunes. Oui, refait, fait une deuxième fois, la bonne cette fois !

26

Home run

Je ne crois pas en l'amour, je crois au Luxembourg. Ce pourrait être la maxime de tout bon gigolo qui se respecte. Gigolo. Un type qui se prostitue au quotidien, qui n'aime pas, qui parasite et qui déçoit, toujours. Son seul but : épouser la vieille. C'est de l'amour en viager, ni plus ni moins, je fais semblant de t'aimer et j'attends que tu meures pour hériter de tout. De ce point de vue, je peux dire que je ne l'ai jamais été. Bien sûr, j'ai vécu vingt années sans travailler, profitant de la fortune de Lucienne. Mais jamais je n'avais pensé à l'idée du mariage. Et je dois dire que j'ai été sidéré le jour où elle m'a demandé ma main. J'étais devenu un vrai adulte qui construit quelque chose. Je vivais mieux et j'avais de l'estime pour moi-même. J'en avais d'ailleurs tellement que mon premier réflexe a été de refuser la proposition. Nous étions, une fois encore, au Come Prima, qui avait déménagé dans le quartier de Limpertsberg.

– Lucienne, les gens vont dire quoi ?

– C'est important, ce que disent les autres ?

– Oui. Ils vont dire que je suis un gigolo, que je suis resté avec toi pour ça et que tu t'es fait enrhumer.

– Toi et moi, nous savons que c'est faux.

– Peut-être mais…

– Dino, s'il te plaît. On parle d'héritage, là. Mais tu veux que je le laisse à qui ? Je n'ai pas eu d'enfants, mes neveux et nièces se foutent bien de savoir comme je vais… Et qui a partagé ma vie, hein ?

– Je sais mais…

– Tu partages ma vie, Dino.

– J'espère que tu fais pas ça pour me tuer et mettre la main sur mon cabaret.

– Tu es bête… Alors, ça veut dire oui ?

Oui.

Oui !

Le maire de Luxembourg nous fait un grand sourire, il nous dit « Vous pouvez vous embrasser », je prends Lucienne par la taille et je l'embrasse tendrement. Ça y est. Tu t'appelles dorénavant Lucienne Courtois-Scalla. Nous sortons de la mairie. Petite pause sur le perron de l'hôtel de ville, où un photographe professionnel nous shoote sous toutes les coutures. La place Guillaume-II est saturée de soleil, de soleil et de pur bonheur. Je suis heureux, bordel.

Ce mariage, c'était juste nous deux. Pas d'invités. C'était un peu comme d'aller se marier en cinq minutes à Vegas, mais ici, dans le Grand-Duché. Lucienne n'avait pas envie de faste. Peut-être, malgré tout, craignait-elle un peu le qu'en-dira-t-on. De mon côté, je me voyais mal inviter mes anciens potes de cité, les Saïd, les François, les Faruk. Ç'aurait été un peu comme faire venir des acteurs de films porno dans une maternelle. Et puis vingt ans avaient passé, ces gens n'étaient plus des amis, ils étaient des souvenirs. Et d'ailleurs, quel ami avais-je, à presque cinquante ans ? Un seul. Ça tombait bien, il m'en fallait un. Les mariages sans invités en ont toujours deux, quoi qu'il arrive : les témoins.

J'avais choisi Charles, sans aucune hésitation. Malgré le fait qu'il soit tueur en série, oui. Parce qu'il comptait pour moi, parce que, d'une certaine façon, il avait participé à ma mue. Lucienne, elle, avait choisi sa mère, qui me matait un peu moins de travers depuis que je les avais aidées à se débarrasser de Chiant-Pierre. Ce n'était pas non plus l'entente cordiale mais, à l'image de deux boxeurs en début de premier round, nous nous tenions à distance sans nous rentrer dans le lard. Le premier témoin de mariage au monde à signer le registre avec des clins d'œil.

Le Come Prima avait toujours été notre cantine, à Lucienne et moi. Mais on ne se marie pas dans une cantine. Et il y a tellement mieux, à Luxembourg, à commencer par La Mirabelle, place Dargent. C'est là que nous allions fêter cette union si… si… je ne sais pas. Improbable. Improbable et pourtant tellement évidente.

Nous avions une belle table ronde, dans un coin tranquille. Lucienne, sa mère, Charles et moi. Le carré magique. La dernière fois que nous avions été réunis dans une pièce, nous avions assassiné un homme. Et lorsque nous avons trinqué je sais que nous pensions à la même chose, à ce que nous avions accompli un an plus tôt. Qu'avions-nous fait, d'ailleurs ? Nous avons juste débarrassé la surface de la terre d'une petite merde. Rien de plus.

– Aux jeunes mariés ! a dit Charles.

On a bu un coup, Macha a bavé du champagne et ruiné son chemisier, Lucienne a dû demander au serveur une autre serviette et Charles et moi avons pu discuter un peu, rien que tous les deux. Il m'a appris une bonne nouvelle : sa petite escapade à La Ciotat n'avait pas été vaine, puisqu'il en avait tiré un roman, avec une sortie prévue en septembre.

– Et ça parle de quoi ? j'ai demandé.

– C'est l'histoire d'un serial killer, mais qui n'est absolument pas psychopathe. C'est un type à l'air tout à fait normal, un héritier, un homme qui n'a pas besoin de travailler. Et il se met à tuer parce qu'il s'ennuie dans la vie.

– Quelle imagination…

– Le narrateur tue des gens bien. Des gens gentils. Des femmes enceintes, des enfants…

– Je te remercie de mettre une bonne ambiance à mon mariage, Charles.

– Je t'en prie.

– C'est quoi le titre ?

– « Serial Snobeur ».

Macha a encore bavé à plusieurs reprises, elle a fait tomber de la bouffe sur ses cuisses et fait des bruits très étranges avec sa gorge mais, dans l'ensemble, cette journée a été magnifique. Je pense qu'il est plutôt rare, chez des types de mon âge, d'avoir eu un début de vie minable et le reste génial. Les gagnants à l'Euro Millions, peut-être. Pas besoin d'Euro Millions, pour moi. Alors que je conduisais le Mercedes Vito, Lucienne et sa mère à l'arrière, Charles à mes côtés, je me suis dit que j'étais un des types les plus chanceux du monde, en tout cas des Buers. Deux vies en une, carrément.

Il était un peu moins de minuit. Nous étions bien, tous. Bien comme dans une histoire qui finit bien.

J'ai garé le Mercedes dans notre allée et abaissé le hayon pour faire descendre le fauteuil de Macha. Tandis que Lucienne et Charles l'ont accompagnée dans la maison, j'ai repris le volant pour descendre le van dans le garage. J'ai coupé le contact. Je suis resté un moment au volant, à savourer le silence, le silence du Luxembourg, le silence de ce quartier, le silence des banques, le silence des flics corrompus. Un silence qui m'allait parfaitement.

J'ai retrouvé Charles, mon épouse et Macha dans la cuisine.

Lucienne avait déjà mis la bouilloire en marche pour une tisane bien méritée qu'elle se proposait de servir dans le coin lounge du salon. Charles, souriant et hyper fils de bonne famille, était en train de dire à Macha qu'il la trouvait beaucoup mieux que l'année précédente. C'est fou, il a ajouté, on jurerait que vous allez dire quelque chose. Je n'étais pas d'accord à cent pour cent, mais Macha a eu l'air de sourire. Lucienne a préparé un plateau avec des bols, des infusions, du sucre roux, trois cuillères et une paille.

– Propose donc quelque chose à boire à Charles, Dino.

– Qu'est-ce qui te ferait plaisir ? Un Get ? Un Amaretto ?

– Je veux bien un Amaretto, oui. Dis-moi, Dino, où est ma valise ?

– À l'étage. Dans la chambre bleue.

– OK. Je reviens. J'ai ton cadeau de noces, mon grand…

Une minute plus tard, Charles revenait dans la cuisine avec son cadeau emballé dans du papier aux armes de Decathlon. C'était une sorte de tube d'un mètre de long. Charles et ses mystères. Lucienne a sorti les « Oh mais il ne fallait pas » d'usage, après quoi elle a défait le papier et brandi devant elle notre cadeau : une batte de base-ball en aluminium. Elle a eu un rire un peu bête, elle a froncé les sourcils et interrogé Charles du regard. Ce dernier semblait très fier de son petit effet. Dans un grand sourire, il a tendu la main vers Lucienne et demandé :

– Vous permettez ? Je vais vous montrer.

– Mais… bien sûr, Charles. Faites.

Charles a empoigné la batte de base-ball et s'est mis en position de frappeur, les jambes légèrement écartées. Il se marrait, il préparait un truc qui allait à n'en pas douter me faire rire aussi. Il s'est balancé un peu sur la gauche, puis sur la droite, retour sur la gauche, balancier comique et non moins appliqué. Charles a finalement levé la batte par dessus son épaule gauche, il a fait tourner son bassin à une vitesse incroyable et il a donné un putain de coup de batte en plein dans le visage de Lucienne.

L'aluminium contre le crâne, ça fait le même bruit que celui de la batte qui rencontre sa balle, au base-ball. Le bruit sec et clair de la fracture, de la plaque de Placoplâtre ou encore de chocolat que l'on casse en deux. C'est insoutenable. Comme dans un mauvais film, Lucienne a volé en arrière, elle a littéralement giclé, pantin désarticulé, marionnette sans ventriloque. En une seconde, elle est passée de la Lucienne souriante que je connaissais si bien à une Lucienne raide morte, la peau déchirée sur le haut du front et le cuir chevelu arraché.

Décalottée, Lucienne.

Cabriolet, Lucienne.

Avant que j'aie le temps de réagir, Charles s'est tourné vers Macha et il lui a décoché à elle aussi un coup de batte en pleine face, même violence, même précision. La tête de Macha a explosé sur son fauteuil. Morte, évidemment.

J'ignore si Charles a été hyper rapide ou si c'est moi qui étais trop lent, mais je n'ai même pas esquissé un geste. Le temps que les informations atteignent le cerveau, tout était fini. Charles a fait un pas de danse, à la manière de Mr Blonde, lorsqu'il découpe l'oreille du flic, dans *Reservoir Dogs*. Tout sourire, il a lâché : « Home run, Dino ! »

Dans la vraie vie, les avions ne se crashent jamais. Ça se saurait, sinon. Et puis on ne les prendrait plus. Les catastrophes aériennes sont des fakes, des montages vidéo produits par BFMTV et France 2 pour muscler un peu le JT. Vous me suivez ? Cela ne *vous* arrivera pas. Jamais. Statistiquement, imaginez un peu le manque de bol ? C'est si inconcevable que même quand l'appareil fonce en piqué sur l'océan Atlantique, aucun passager à bord ne prend la mesure de la catastrophe.

C'est exactement ce que j'ai ressenti, dans la cuisine. Un événement inconcevable qui se matérialise, là, tout de suite. Une soucoupe qui atterrit dans le jardin et des nains verts à peau de reptile demandant quelle est la monnaie sur cette planète.

Home run...

C'était impossible et pourtant c'était là, sous mes yeux, les cadavres de Lucienne et de sa mère. J'ai hurlé, traité Charles de tous les noms et bondi sur lui. Je l'ai attrapé par le cou, d'une main, et l'ai plaqué contre la porte du frigo américain. Il gigotait, sur la pointe des pieds, mais souriait toujours. Étrange, ce sourire, alors que j'étais en train de l'étrangler. Je serrai plus fort, il ne s'effaçait pas, tout juste prenait-il un rictus grinçant, comme une virgule aux commissures. Je serrai encore. Tu vas y passer, mon petit pote, parce que quelque chose a switché en moi. Dans la vraie vie les crashs aériens n'existent pas… home run… toute ma vie fonce en piqué sur l'océan Atlantique… je serre plus fort… le visage de Charles est tellement rouge qu'il vire maintenant au bleu. C'est fini. Tout est fini.

27

Je tiens un tigre par la queue

Il fallut une intervention extérieure pour me faire réagir, me ressaisir et lâcher prise. Oh ! pas grand-chose. La bouilloire s'est mise à siffler. La tisane de Lucienne et de sa mère était prête. L'effet sur moi fut aussi simple qu'immédiat. Arraché au meurtre comme vous êtes arraché au sommeil profond. J'ai lâché le cou de Charles, qui s'est laissé glisser à terre, le dos appuyé contre la porte du frigo. Je n'avais jamais entendu quelqu'un tousser comme ça. Charles avait le désert de Gobi dans la gorge, sec et brûlant. Il poussait des râles, éructait du vide, crachait du rien, vomissait le néant.

Je me suis laissé tomber à ses côtés. Assis sur le carrelage. Attendu dix bonnes minutes que Charles reprenne ses esprits. Je n'étais et ne serais jamais un meurtrier. Je n'étais pas passé loin, ayant presque senti craquer les cervicales sous mes doigts. Les pères de famille disent souvent que si on touche à un de leurs enfants, ils seraient capables de tuer : c'est faux. Dans la vraie vie, c'est faux. On n'est pas capable de tuer. Et les avions ne se crashent jamais.

Revenu à lui, Charles m'a demandé :

– Tu m'avais pas parlé d'un petit dijo ?

– Je devrais te tuer.

– Te voilà milliardaire…

Le pragmatisme, encore. Pas l'humain. Dans le feu de l'action, je ne m'étais pas demandé *pourquoi* Charles avait commis un tel massacre. Et j'apprenais que, d'une certaine façon, c'était par amitié, amitié qui, connaissant le personnage, était parfaitement sincère. Je n'avais pas le moindre doute là-dessus : Charles avait cru bien faire, offrir au pauvre gosse de banlieue une fortune inespérée. Si le cabaret m'offrait des revenus confortables et promettait de faire de moi un type blindé à moyen terme, cela n'avait en effet strictement rien à voir avec le patrimoine de Lucienne. Techniquement, je me retrouvais multimilliardaire, propriétaire d'immeubles entiers à Londres, Paris, Monaco, Luxembourg évidemment ou encore New York. Je devenais l'actionnaire majoritaire de je ne sais combien d'entreprises, sans parler des millions et des millions d'euros qui travaillaient en douce dans les coffres forts numériques de la finance internationale. Je devenais une des plus grosses fortunes du monde alors que je ne l'avais ni voulu ni même désiré. Les joueurs de foot professionnel qui changent de club pour doubler ou tripler leur salaire, alors qu'ils gagnent déjà de quoi vivre cent vies, m'ont toujours excédé. Ils acceptent de s'installer dans des villes de merde, genre Manchester, pour pouvoir s'acheter deux Ferrari par mois au lieu d'une. Crétins. Et crétin aussi, Charles, finalement, qui croyait me rendre heureux ou me libérer en m'offrant la fortune. J'étais riche, OK, mais j'étais surtout veuf. Comment lui expliquer ça ? Impossible. Charles n'était pas humain. Il avait le cerveau d'un ingénieur et le cœur d'un comptable.

Charles a géré la suite des événements. Nous allions installer Lucienne et sa mère à l'arrière de la voiture, sans les ceintures de sécurité. Nous allions nous-mêmes monter à l'avant, mettre nos ceintures et aller nous fracasser contre un arbre ou un mur, peu importe. L'idéal, d'après Charles, serait d'attendre que l'on soit suivis par une voiture, ce qui nous ferait un témoin.

Muet, incapable de participer à cette conversation qui m'écœurait, je l'encourageais sans le vouloir, par mon silence, à développer. Charles m'assura en tout cas que ça passerait comme une lettre à la poste. Il ajouta que si, des fois, je pouvais avoir un flic dans la manche pour aider à déclarer les deux décès par accident de la route, ce serait parfait. Presque malgré moi, je me fis la réflexion qu'un flic dans la manche, ça, j'avais. Je ne doutais pas une seconde que, moyennant une forte rémunération, Daniel Schwartz marcherait dans la combine. La seconde suivante, je me dégoûtais moi-même de penser à la logistique, de m'être laissé entraîner sur ce terrain par Charles.

Et pourtant.

Une chose était évidente, nous n'allions pas rester là, avec les deux cadavres dans la cuisine. À ce stade, je ne raisonnais pas en termes d'héritage, de milliards d'euros, de veuf-gigolo ou de gigolo-veuf. Une sorte de réflexe naturel, d'instinct de survie s'était imposé. Au devant de la scène, là, maintenant. M'en sortir : nous en sortir. Lever les corps. Monter un char. Ne pas être accusés de double meurtre. J'imaginai un instant balancer Charles aux flics, leur raconter la vérité, mais ce barge a lu dans mes pensées. On aurait dit qu'il avait des pouvoirs :

– Tu vas m'aider, Dino, comme à chaque fois depuis qu'on se connaît. Tu vas voir, on va s'en sortir comme des chefs.

– J'ai pas voulu ça, Charles. Je l'ai pas voulu.

– Tu en es certain ? Tu me connais mieux que personne sur cette terre. En général ceux qui en savent autant que toi sur mon compte ne restent pas vivants aussi longtemps.

– Et ?

– Et tu m'as invité, Dino. Tu m'as invité à ton mariage sans aucun invité.

La question induite m'a déchiré le cœur. Avais-je inconsciemment fait venir Charles pour me débarrasser de Lucienne et de Macha et devenir le premier milliardaire de la cité des Buers ? Aucune idée. Le voilà, le crève-cœur : aucune idée, donc pourquoi pas après tout. Une seule certitude : je n'allais pas répondre à cette question aujourd'hui. Il me restait la vie entière pour le faire, pour trancher.

Un accident de voiture, donc.

Était-ce si simple ? Je dévisageai Charles, sûr de lui, je dis un truc du style « On dirait que tu l'as déjà fait », et j'eus une illumination. Mais oui, bien sûr qu'il l'avait déjà fait.

– Dis-moi, Charles, pour ta femme, il y avait vraiment Claude François à la radio ?

– Ah oui, évidemment.

– Batte de base-ball aussi ?

– Non. Marteau.

– Elle t'avait fait quoi, ta Monique ?

– Rien. Ma carrière d'écrivain débutait, et j'ai pensé qu'un petit plus marketing ne me ferait pas de mal. Veuf, ça vend. Et l'avenir m'a donné raison.

Charles m'a regardé et m'a fait un sourire sincère, un sourire de vieux pote. Dans sa tête pleine de courts-circuits et de connexions foireuses, il était persuadé de m'avoir rendu un énorme service. Il a ajouté, en riant :

– Dis donc, tu fais quoi cet été ?

– Pardon ?

– Cet été ? Tu fais quoi ? Si on commençait par ton yacht, à Saint-Trop' ?

Charles avait raison sur au moins un point : c'était mon yacht, dorénavant.

C'était à moi de monter sur le pont.

RÉALISATION : IGS-CP À L'ISLE-D'ESPAGNAC
IMPRESSION : CPI FRANCE
DÉPÔT LÉGAL : OCTOBRE 2019. N° 140871 (3035148)
IMPRIMÉ EN FRANCE

Éditions Points

DERNIERS TITRES PARUS

P4689. Patrice Franceschi et « La Boudeuse ». 15 ans d'aventure autour du monde, *Valérie Labadie*
P4690. Trois ans sur la dunette. À bord du trois-mâts « La Boudeuse » autour du monde, *Patrice Franceschi*
P4691. Au secours ! Les mots m'ont mangé, *Bernard Pivot*
P4692. Le Nuage d'obsidienne, *Eric McCormack*
P4693. Le Clan des chiqueurs de paille, *Mo Yan*
P4694. Dahlia noir & Rose blanche, *Joyce Carol Oates*
P4695. On n'empêche pas un petit cœur d'aimer *Claire Castillon*
P4696. Le Metteur en scène polonais, *Antoine Mouton*
P4697. Le Voile noir *suivi de* Je vous écris, *Anny Duperey*
P4698. Une forêt obscure, *Fabio M. Mitchelli*
P4699. Heureux comme un chat. Ma méthode pour changer de vie, *Docteur Dominique Patoune*
P4700. Soyez imprudents les enfants, *Véronique Ovaldé*
P4701. Cartel, *Don Winslow*
P4702. L'Amérique défaite. Portraits intimes d'une nation en crise, *George Packer*
P4703. Le Pouvoir de l'espoir, *Barack et Michelle Obama*
P4704. La Voix cachée, *Parinoush Saniee*
P4705. Celui qui est digne d'être aimé, *Abdellah Taïa*
P4706. Six degrés de liberté, *Nicolas Dickner*
P4707. La Ville des tempêtes, *Jean Contrucci*
P4708. Les Revenants, *David Thomson*
P4709. Ce que tient ta main droite t'appartient *Pascal Manoukian*
P4710. Fraternels, *Vincent Borel*
P4711. Moonbloom, *Edward Lewis Wallant*
P4712. Macau, *Antoine Volodine*
P4713. Wonderland, *Jennifer Hillier*

P4714. L'Ambigu Monsieur Macron, *Marc Endeweld*
P4715. Pop Corner. La grande histoire de la pop culture
Hubert Artus
P4716. Not Dead Yet. L'autobiographie, *Phil Collins*
P4717. Qu'il emporte mon secret, *Sylvie Le Bihan*
P4718. Le Livre de l'homme, *Barry Graham*
P4719. Les Anges sans visage, *Tony Parsons*
P4720. Les Furies, *Lauren Groff*
P4721. Un fils parfait, *Mathieu Menegaux*
P4722. Un dangereux plaisir, *François Vallejo*
P4723. Les Premiers. Une histoire des super-héros français
Xabi Molia
P4724. Rome brûle, *Carlo Bonini et Giancarlo De Cataldo*
P4725. La Matière de l'absence, *Patrick Chamoiseau*
P4726. Le 36. Histoires de poulets, d'indics et de tueurs en série
Patricia Tourancheau
P4727. Leur patient préféré. 17 histoires extraordinaires
de psychanalystes, *Violaine de Montclos*
P4728. La Chair, *Rosa Montero*
P4729. Apatride, *Shumona Sinha*
P4730. Dans l'ombre, *Arnaldur Indridason*
P4731. 40 jours avec Maurice Zundel et les Pères du désert
Patrice Gourrier, Jérôme Desbouchages
P4732. Ose la vie nouvelle ! Les chemins de nos Pâques
Simone Pacot
P4733. La Ligne de fuite, *Robert Stone*
P4734. Poutine de A à Z, *Vladimir Fédorovski*
P4735. Révoltée, *Evguénia Iaroslavskaïa-Markon*
P4736. Eugène Oniéguine. Roman en vers
Alexandre Pouchkine
P4737. Les mots qui nous manquent
Yolande Zauberman et Paulina Mikol Spiechowicz
P4738. La Longue Marche du juge Ti & Médecine chinoise
à l'usage des assassins, *Frédéric Lenormand*
P4739. L'Apprentissage de Duddy Kravitz, *Mordecai Richler*
P4740. J'ai épousé l'aventure, *Osa Johnson*
P4741. Une femme chez les chasseurs de têtes, *Titaÿna*
P4742. Pékin-Pirate, *Xu Zechen*
P4743. Nous dormirons quand nous serons vieux, *Pino Corrias*
P4744. Cour Nord, *Antoine Choplin*
P4745. Petit traité d'éducation lubrique, *Lydie Salvayre*
P4746. Long Island, *Christopher Bollen*
P4747. « Omar m'a tuer » : l'affaire Raddad, 1994. *Suivi de*
« Il pleure, il pleure ! » : l'affaire Troppmann, 1869,
Emmanuel Pierrat

P4748. « J'accuse » : l'affaire Dreyfus, 1894. *Suivi de* « Surtout ne confiez pas les enfants à la préfecture » : l'affaire Papon, 1997, *Emmanuel Pierrat*
P4749. « Juger Mai 68 » : l'affaire Goldman, 1974. *Suivi de* « J'ai choisi la liberté » : l'affaire Kravchenko, 1949 *Emmanuel Pierrat*
P4750. Deux hommes de bien, *Arturo Pérez-Reverte*
P4751. Valet de pique, *Joyce Carol Oates*
P4752. Vie de ma voisine, *Geneviève Brisac*
P4753. Et je prendrai tout ce qu'il y a à prendre, *Céline Lapertot*
P4754. La Désobéissance, *Naomi Alderman*
P4755. Disent-ils, *Rachel Cusk*
P4756. Quand les femmes parlent d'amour. Une anthologie de la poésie féminine, *Françoise Chandernagor*
P4757. Mörk, *Ragnar Jónasson*
P4758. Kabukicho, *Dominique Sylvain*
P4759. L'Affaire Isobel Vine, *Tony Cavanaugh*
P4760. La Daronne, *Hannelore Cayre*
P4761. À vol d'oiseau, *Craig Johnson*
P4762. Abattez les grands arbres, *Christophe Guillaumot*
P4763. Kaboul Express, *Cédric Bannel*
P4764. Piégée, *Lilja Sigurdardóttir*
P4765. Promenades en bord de mer et étonnements heureux *Olivier de Kersauson*
P4766. Des erreurs ont été commises, *David Carkeet*
P4767. La Vie sexuelle des sœurs siamoises, *Irvine Welsh*
P4768. Des hommes de peu de foi, *Nickolas Butler*
P4769. Les murs ont la parole
P4770. Avant que les ombres s'effacent *Louis-Philippe Dalembert*
P4771. La Maison des brouillards, *Eric Berg*
P4772. La Pension de la via Saffi, *Valerio Varesi*
P4773. La Caisse des dépôts, *Sophie Coignard et Romain Gubert*
P4774. Français, Françaises, Belges, Belges, *Pierre Desproges*
P4775. La fille qui lisait dans le métro, *Christine Féret-Fleury*
P4776. Sept graines de lumière dans le cœur des guerriers *Pierre Pellissier*
P4777. Rire et Guérir, *Christophe André et Muzo*
P4778. L'Effet haïku. Lire et écrire des poèmes courts agrandit notre vie, *Pascale Senk*
P4779. Il n'est jamais trop tard pour le plus grand amour. Petit traité d'espérance, *Michael Lonsdale*
P4780. Le bonheur quoi qu'il arrive. Propos fulgurants d'Armelle Six, *Robert Eymeri*
P4781. Les Sœurs ennemies, *Jonathan Kellerman*

P4782. Des enfants tuent un enfant. L'affaire Bulger
Gitta Sereny
P4783. La Fin de l'histoire, *Luis Sepúlveda*
P4784. Le Jeu du chat et de la souris, *A Yi*
P4785. L'Âme des horloges, *David Mitchell*
P4786. On se souvient du nom des assassins
Dominique Maisons
P4787. La Légèreté, *Emmanuelle Richard*
P4788. Les Retrouvailles des compagnons d'armes, *Mo Yan*
P4789. Les Fantômes du 3e étage, *Bernard Thomasson*
P4790. Premières expéditions. Quatre du Congo & Terre farouche
Patrice Franceschi
P4791. Grandes Traversées. Qui a bu l'eau du Nil & Raid papou
Patrice Franceschi
P4792. Fils d'homme, *Augusto Roa Bastos*
P4793. La Vie automatique, *Christian Oster*
P4794. Les Guerriers de l'ombre, *Jean-Christophe Notin*
P4795. Comme ses pieds, *Vikash Dhorasoo*
P4796. Fille de l'air, *Fiona Kidman*
P4797. Rebelles, un peu, *Claire Castillon*
P4798. Le jour où je me suis aimé pour de vrai, *Serge Marquis*
P4799. Votre commande a bien été expédiée
Nathalie Peyrebonne
P4800. Vie et mort de la jeune fille blonde, *Philippe Jaenada*
P4801. Les Pièges de l'exil, *Philip Kerr*
P4802. Breaking News, *Frank Schätzing*
P4803. Les Jours enfuis, *Jay McInerney*
P4804. Scènes de la vie future, *Georges Duhamel*
P4805. Soledad, *María Dueñas*
P4806. Entre eux, *Richard Ford*
P4807. Karst, *David Humbert*
P4808. Mise à jour, *Julien Capron*
P4809. Frères Migrants, *Patrick Chamoiseau*
P4810. Nos ancêtres les Arabes. Ce que le français
doit à la langue arabe, *Jean Pruvost*
P4811. Le Testament du Roc, *Denis Marquet*
P4812. Être là, *Véronique Dufief*
P4813. L'Embaumeur, *Isabelle Duquesnoy*
P4814. Jours barbares. Une vie de surf, *William Finnegan*
P4815. Trois saisons d'orage, *Cécile Coulon*
P4816. Songe à la douceur, *Clémentine Beauvais*
P4817. La Femme à droite sur la photo, *Valentin Musso*
P4818. Lucia, Lucia, *Adriana Trigiani*
P4819. Évanouies, *Megan Miranda*
P4820. L'Invité sans visage, *Tana French*

P4821. Âme sœur, *Ivan Jablonka*
P4822. Un funambule sur le sable, *Gilles Marchand*
P4823. Embrouille à Monaco, *Peter Mayle*
P4824. Les Bras cassés, *Yann Le Poulichet*
P4825. Joie, *Clara Magnani*
P4826. Tu verras les âmes se retrouvent toujours quelque part *Sabrina Philippe*
P4827. Le Polar de l'été, *Luc Chomarat*
P4828. Infidèle, *Joyce Carol Oates*
P4829. Si proche, si loin, *Nina George*
P4830. Banditsky ! Chroniques du crime organisé à Saint-Pétersbourg, *Andreï Constantinov*
P4831. Obsessions, *Luana Lewis*
P4832. Japon Express. De Tokyo à Kyoto, *Raymond Depardon*
P4833. Discours à l'Assemblée nationale et à l'Académie française, *Simone Veil, Jean d'Ormesson*
P4834. L'Empereur à pied, *Charif Majdalani*
P4835. Souvenirs de la marée basse, *Chantal Thomas*
P4836. Mon père sur mes épaules, *Metin Arditi*
P4837. Je suis Jeanne Hébuterne, *Olivia Elkaim*
P4838. L'Avancée de la nuit, *Jakuta Alikavazovic*
P4839. La Maison Zen. Leçons d'un moine bouddhiste *Keisuke Matsumoto*
P4840. Petit dictionnaire de la joie. Chanter l'instant *Blanche de Richemont*
P4841. La Première Phrase. 599 incipit ou façons d'ouvrir un livre, *Elsa Delachair*
P4842. Figures stylées. Les figures de style revisitées par les élèves et expliquées par leur prof *Mathilde Levesque*
P4843. Le Corps des ruines, *Juan Gabriel Vásquez*
P4844. Surtout rester éveillé, *Dan Chaon*
P4845. Taba-Taba, *Patrick Deville*
P4846. Par le vent pleuré, *Ron Rash*
P4847. Sciences de la vie, *Joy Sorman*
P4848. L'Étoile jaune de l'inspecteur Sadorski *Romain Slocombe*
P4849. Les Papiers d'Aspern, *Henry James*
P4850. Nos richesses, *Kaouther Adimi*
P4851. Si belle, mais si morte, *Rosa Mogliasso*
P4852. Hôtel du Grand Cerf, *Franz Bartelt*
P4853. Danser dans la poussière, *Thomas H. Cook*
P4854. Les Pleureuses, *Katie Kitamura*
P4855. Pacifique, *Tom Drury*
P4856. Sheppard Lee, *Robert Montgomery Bird*

P4857. Me voici, *Jonathan Safran Foer*
P4858. Motel Lorraine, *Brigitte Pilote*
P4859. Missing : New York, *Don Winslow*
P4860. Une prière pour Owen, *John Irving*
P4861. Minuit sur le canal San Boldo, *Donna Leon*
P4862. « Elles sont ma famille. Elles sont mon combat » : l'affaire de Bobigny, 1972, *suivi de* « Vous avez trouvé 11,9 mg d'arsenic » : l'affaire Besnard, 1952, *Emmanuel Pierrat*
P4863. « Vous injuriez une innocente » : l'affaire Grégory, 1993, *suivi de* « Si Violette a menti » : l'affaire Nozière, 1934, *Emmanuel Pierrat*
P4864. « Ils ne savent pas tirer » : l'affaire du Petit-Clamart, 1963, *suivi de* « On aime trop l'argent » : l'affaire Stavisky, 1935, *Emmanuel Pierrat*
P4865. Paul McCartney, *Philip Norman*
P4866. La Musique des mots. Chansons – 1988-2018, *Arthur H*
P4868. Justice soit-elle, *Marie Vindy*
P4869. Sous son toit, *Nicole Neubauer*
P4870. J'irai mourir sur vos terres, *Lori Roy*
P4871. Sur la route 66, *Stéphane Dugast, Christophe Géral*
P4872. La Serpe, *Philippe Jaenada*
P4873. Point cardinal, *Léonor de Récondo*
P4874. Fief, *David Lopez*
P4875. Utopia XXI, *Aymeric Caron*
P4876. Les Passeurs de livres de Daraya. Une bibliothèque secrète en Syrie, *Delphine Minoui*
P4877. Patron du RAID. Face aux attentats terroristes *Jean-Michel Fauvergue, Caroline de Juglart*
P4878. Tu le raconteras plus tard, *Jean-Louis Debré*
P4879. Retiens la vie, *Charles Aznavour*
P4880. Tous ces chemins que nous n'avons pas pris *William Boyd*
P4881. Vulnérables, *Richard Krawiec*
P4882. La Femme de l'ombre, *Arnaldur Indridason*
P4883. L'Année du lion, *Deon Meyer*
P4884. La Chance du perdant, *Christophe Guillaumot*
P4885. Demain c'est loin, *Jacky Schwartzmann*
P4886. Les Géants, *Benoît Minville*
P4887. L'Homme de Kaboul, *Cédric Bannel*
P4888. J'ai toujours aimé la nuit, *Patrick Chamoiseau*
P4889. Mindhunter. Dans la tête d'un profileur *John Douglas et Mark Olshaker*
P4890. En cœur à cœur avec Dieu. Mes plus belles prières *Guy Gilbert*

P4891. Le Choix du cœur. Enseignements d'une sage d'aujourd'hui, *Mata Amritanandamayi*
P4892. Baïkal-Amour, *Olivier Rolin*
P4893. L'Éducation de Jésus, *J.M. Coetzee*
P4894. Tout homme est une nuit, *Lydie Salvayre*
P4895. Le Triomphe de Thomas Zins, *Matthieu Jung*
P4896. Éléphant, *Martin Suter*
P4897. La Fille tatouée, *Joyce Carol Oates*
P4898. L'Affreuse Embrouille de via Merulana *Carlo Emilio Gadda*
P4899. Le monde est rond, *Gertrude Stein*
P4900. Pourquoi je déteste Noël, *Robert Benchley*
P4901. Le Rêve de ma mère, *Anny Duperey*
P4902. Mes mots sauvages, *Geneviève Brisac*
P4903. La Fille à histoires, *Irène Frain*
P4905. Questions de caractère, *Tom Hanks*
P4906. L'Histoire de mes dents, *Valeria Luiselli*
P4907. Le Dernier des yakuzas, *Jake Adelstein*
P4909. Dylan par Dylan. Interviews 1962-2004 *Bob Dylan*
P4910. L'Échappé belge. Chroniques et brèves *Alex Vizorek*
P4911. La Princesse-Maïs, *Joyce Carol Oates*
P4912. Poèmes choisis, *Renée Vivien*
P4913. D'où vient cette pipelette en bikini qui marivaude dans le jacuzzi avec un gringalet en bermuda ? Dico des mots aux origines amusantes, insolites ou méconnues, *Daniel Lacotte*
P4914. La Pensée du jour, *Pierre Desproges*
P4915. En radeau sur l'Orénoque, *Jules Crevaux*
P4904. Leçons de grec, *Han Kang*
P4908. Des jours d'une stupéfiante clarté, *Aharon Appelfeld*
P4916. Celui qui va vers elle ne revient pas, *Shulem Deen*
P4917. Un fantôme américain, *Hannah Nordhaus*
P4918. Les Chemins de la haine, *Eva Dolan*
P4919. Gaspard, entre terre et ciel *Marie-Axelle et Benoît Clermont*
P4920. Kintsukuroi. L'art de guérir les blessures émotionnelles *Tomás Navarro*
P4921. Le Parfum de l'hellébore, *Cathy Bonidan*
P4922. Bad Feminist, *Roxane Gay*
P4923. Une ville à cœur ouvert, *Żanna Słoniowska*
P4924. La Dent du serpent, *Craig Johnson*
P4925. Quelque part entre le bien et le mal, *Christophe Molmy*
P4926. Quatre lettres d'amour, *Niall Williams*

P4927. Madone, *Bertrand Visage*
P4928. L'étoile du chien qui attend son repas, *Hwang Sok-Yong*
P4929. Minerai noir. Anthologie personnelle et autres recueils *René Depestre*
P4930. Les Buveurs de lumière, *Jenni Fagan*
P4931. Nicotine, *Gregor Hens*
P4932. Et vous avez eu beau temps ? La perfidie ordinaire des petites phrases, *Philippe Delerm*
P4933. 10 règles de français pour faire 99 % de fautes en moins *Jean-Joseph Julaud*
P4934. Au bonheur des fautes. Confessions d'une dompteuse de mots, *Muriel Gilbert*
P4935. Falaise des fous, *Patrick Grainville*
P4936. Dernières nouvelles du futur, *Patrice Franceschi*
P4937. Nátt, *Ragnar Jónasson*
P4938. Kong, *Michel Le Bris*
P4939. La belle n'a pas sommeil, *Éric Holder*
P4940. Chien blanc et balançoire, *Mo Yan*
P4941. Encore heureux, *Yves Pagès*
P4942. Offshore, *Petros Markaris*
P4943. Le Dernier Hyver, *Fabrice Papillon*
P4944. « Les excuses de l'institution judiciaire » : l'affaire d'Outreau, 2004. *Suivi de* « Je désire la mort » : l'affaire Buffet-Bontems, 1972, *Emmanuel Pierrat*
P4945. « On veut ma tête, j'aimerais en avoir plusieurs à vous offrir » : l'affaire Landru, 1921. *Suivi de* « Nous voulons des preuves » : l'affaire Dominici, 1954, *Emmanuel Pierrat*
P4946. « Totalement amoral » : l'affaire du Dr Petiot, 1946. *Suivi de* « Vive la France, quand même ! » : l'affaire Brasillach, 1946, *Emmanuel Pierrat*
P4947. Grégory. Le récit complet de l'affaire *Patricia Tourancheau*
P4948. Génération(s) éperdue(s), *Yves Simon*
P4949. Les Sept Secrets du temps, *Jean-Marc Bastière*
P4950. Les Pierres sauvages, *Fernand Pouillon*
P4951. Lettres à Nour, *Rachid Benzine*
P4952. Niels, *Alexis Ragougneau*
P4953. Phénomènes naturels, *Jonathan Franzen*
P4954. Le Chagrin d'aimer, *Geneviève Brisac*
P4955. Douces déroutes, *Yanick Lahens*
P4956. Massif central, *Christian Oster*
P4957. L'Héritage des espions, *John le Carré*
P4958. La Griffe du chat, *Sophie Chabanel*
P4959. Les Ombres de Montelupo, *Valerio Varesi*
P4960. Le Collectionneur d'herbe, *Francisco José Viegas*

P4961. La Sirène qui fume, *Benjamin Dierstein*
P4962. La Promesse, *Tony Cavanaugh*
P4963. Tuez-les tous... mais pas ici, *Pierre Pouchairet*
P4964. Judas, *Astrid Holleeder*
P4965. Bleu de Prusse, *Philip Kerr*
P4966. Les Planificateurs, *Kim Un-Su*
P4967. Le Filet, *Lilja Sigurdardóttir*
P4968. Le Tueur au miroir, *Fabio M. Mitchelli*
P4969. Tout le monde aime Bruce Willis, *Dominique Maisons*
P4970. La Valeur de l'information. *Suivi de* Combat pour une presse libre, *Edwy Plenel*
P4971. Tristan, *Clarence Boulay*
P4972. Treize jours, *Roxane Gay*
P4973. Mémoires d'un vieux con, *Roland Topor*
P4974. L'Étang, *Claire-Louise Bennett*
P4975. Mémoires au soleil, *Azouz Begag*
P4976. Écrit à la main, *Michael Ondaatje*
P4977. Journal intime d'un touriste du bonheur *Jonathan Lehmann*
P4978. Qaanaaq, *Mo Malø*
P4979. Faire des pauses pour se (re)trouver, *Anne Ducrocq*
P4980. Guérir de sa famille par la psychogénéalogie *Michèle Bromet-Camou*
P4981. Dans le désordre, *Marion Brunet*
P4982. Meurtres à Pooklyn, *Mod Dunn*
P4983. Iboga, *Christian Blanchard*
P4984. Paysage perdu, *Joyce Carol Oates*
P4985. Amours mortelles. Quatre histoires où l'amour tourne mal, *Joyce Carol Oates*
P4986. J'ai vu une fleur sauvage. L'herbier de Malicorne *Hubert Reeves*
P4987. La Course de la mouette, *Barbara Halary-Lafond*
P4988. Poèmes et antipoèmes, *Nicanor Parra*
P4989. Herland, *Charlotte Perkins Gilman*
P4990. Dans l'épaisseur de la chair, *Jean-Marie Blas de Roblès*
P4991. Ouvre les yeux, *Matteo Righetto*
P4992. Dans les pas d'Alexandra David-Néel. Du Tibet au Yunnan, *Éric Faye, Christian Garcin*
P4993. Lala Pipo, *Hideo Okuda*
P4994. Mes prolongations, *Bixente Lizarazu*
P4995. Moi, serial killer. Les terrifiantes confessions de 12 tueurs en série, *Stéphane Bourgoin*
P4996. Les Sorcières de la République, *Chloé Delaume*
P4997. Les Chutes, *Joyce Carol Oates*
P4998. Petite Sœur mon amour, *Joyce Carol Oates*

P4999. La douleur porte un costume de plumes, *Max Porter*
P5000. L'Expédition de l'espoir, *Javier Moro*
P5001. Séquoias, *Michel Moutot*
P5002. Indu Boy, *Catherine Clément*
P5003. Virgin Suicides, *Jeffrey Eugenides*
P5004. Petits vieux d'Helsinki mènent l'enquête
Minna Lindgren
P5005. L'argent ne fait pas le bonheur mais les luwak si
Pierre Derbré
P5006. En camping-car, *Ivan Jablonka*
P5007. Beau Ravage, *Christopher Bollen*
P5008. Ariane, *Myriam Leroy*
P5009. Est-ce ainsi que les hommes jugent ?, *Mathieu Menegaux*
P5010. Défense de nourrir les vieux, *Adam Biles*
P5011. Une famille très française, *Maëlle Guillaud*
P5012. Le Hibou dans tous ses états, *David Sedaris*
P5013. Mon autre famille : mémoires, *Armistead Maupin*
P5014. Graffiti Palace, *A. G. Lombardo*
P5015. Les Monstres de Templeton, *Lauren Groff*
P5016. Falco, *Arturo Pérez-Reverte*
P5017. Des nuages plein la tête. Un pâtre en quête d'absolu
Brice Delsouiller
P5018. La Danse du chagrin, *Bernie Bonvoisin*
P5019. Peur, *Bob Woodward*
P5020. Secrets de flic. Guerre des polices, stups et mafia, l'ex-patron de la PJ raconte, *Bernard Petit*
P5021. Little Bird, *Craig Johnson*
P5022. Tatouage. La première enquête de Pepe Carvalho
Manuel Vasquez Montalban
P5023. Passage des ombres, *Arnaldur Indridason*
P5024. Les Saisons inversées, *Renaud S. Lyautey*
P5025. Dernier Été pour Lisa, *Valentin Musso*
P5026. Le Jeu de la défense, *André Buffard*
P5027. Esclaves de la haute couture, *Thomas H. Cook*
P5028. Crimes de sang-froid, *Collectif*
P5029. Missing : Germany, *Don Winslow*
P5030. Killeuse, *Jonathan Kellerman*
P5031. #HELP, *Sinéad Crowley*
P5032. L'humour au féminin en 700 citations
Macha Méril & Christian Poncelet
P5033. Baroque Sarabande, *Christian Taubira*
P5034. Moins d'ego, plus de joie !. Un chemin pour se libérer
Christopher Massin
P5035. Le Monde selon Barney, *Mordecai Richler*
P5036. Portrait de groupe avec dame, *Heinrich Böll*